Die schönsten Anekdoten aus Rock und Pop

Die schönsten Anekdoten aus Rock und Pop

Ausgewählt und aufgezeichnet
von Hannes Fricke

Reclam

Für Jim Friedrich Django Sonnenschein

In Erinnerung an Peter von Matt

RECLAMS UNIVERSAL-BIBLIOTHEK Nr. 14721
2025 Philipp Reclam jun. Verlag GmbH,
Siemensstraße 32, 71254 Ditzingen
info@reclam.de
Umschlaggestaltung: Philipp Reclam jun. Verlag GmbH
Umschlagabbildung: © Shutterstock.com / Andrey Kozhekin
Druck und Bindung: Elanders Waiblingen GmbH,
Anton-Schmidt-Straße 15, 71332 Waiblingen
Printed in Germany 2025
RECLAM, UNIVERSAL-BIBLIOTHEK und
RECLAMS UNIVERSAL-BIBLIOTHEK sind eingetragene Marken
der Philipp Reclam jun. GmbH & Co. KG, Stuttgart
ISBN 978-3-15-014721-4
reclam.de

Die Welt dringt auf mich ein. Und ich antworte mit einer Geschichte, ich antworte mit einem Bild. Und das ist ein fundamentaler Akt des Überlebens, überhaupt! Das erste ist die Literatur in meinem Innern [...], schon meine Träume sind ein Teil von Literatur.

Peter von Matt

Niemand liest etwas; wenn er etwas liest, versteht er es nicht; wenn er es versteht, vergisst er es sofort.

Stanisław Lem

Ich will es zum besseren Verständnis einmal so zusammenfassen: Information ist nicht Wissen. Wissen ist nicht Weisheit. Weisheit ist nicht Wahrheit. Wahrheit ist nicht Schönheit. Schönheit ist nicht Liebe. Liebe ist nicht Musik. Musik ist das Beste.

Frank Zappa

Inhalt

Live-Geschichten

Verrückte Hunde, Engländer und Sonnenstiche

Nur knapp überlebte (so muss man das bezeichnen) Joe Cocker eine der faszinierendsten Tourneen aller Zeiten: Eigentlich wollte der britische Sänger nicht mehr in den Tourbus steigen, hatte die Nase voll, wollte nicht mehr von Bühne zu Bühne ziehen, wurde aber von seinem Manager Dee Anthony gezwungen, einen zuvor geschlossenen Vertrag einzuhalten, musste also von jetzt auf gleich eine Band zusammentrommeln und losziehen, ansonsten würde er juristischen Ärger bekommen. Zehn Backgroundsängerinnen und -sänger sowie elf erfahrene Musiker (darunter zwei Schlagzeuger, zwei Perkussionisten und ein Conga-Spieler) stampften innerhalb weniger Tage ein Programm aus Coverversionen aus dem Boden.

Man startete unter dem bezeichnenden Titel ›Mad Dogs & Englishmen‹ am 20. März 1970 in Detroit und war 56 Tage unterwegs, eine durchgeknallte Hippie-Kommune (der Film über die Tournee zeigt u. a. Ausschnitte aus den wirklich irrwitzigen, drogenvernebelten Hohe-Sphären-Diskussionen zwischen den Bandmitgliedern). Cocker war selten so gut wie auf dieser Tour, mit seinen Interpretationen von »The Letter«, »Space Captain« oder seines Woodstock-Evergreens »With a Little Help from My Friends« – und am Ende spindeldürr, dem Nervenzusammenbruch und der völligen Erschöpfung nahe bzw. letztlich schon darüber hinaus (er brauchte Jahre, um sich von den Strapazen zu erholen). Und es war ein finanzielles Fiasko (auch und vor allem wegen der Größe der Band): Der Reingewinn betrug weniger als 900 Dollar.

Die Inspiration für den Namen der Tournee hatte vermutlich das gleichnamige ironische Lied von Noël Coward aus dem Jahr 1955 geliefert: Die Japaner interessiere das nicht, die Chinesen auch nicht, aber »mad dogs and Englishmen go out in the midday sun«. 2021 wurde das Ganze in die Grammy Hall of Fame aufgenommen.

Wunsch der Vater des Gedankens

Viele sagen, es sei ein Konzert gewesen, das die Welt veränderte: Am 4. Juni 1976 traten die Sex Pistols in Manchester in der Lesser Free Trade Hall (es war nur die kleine Festhalle, deshalb »lesser«) auf. Im Rückblick meinte jeder, der irgendetwas auf sich hielt (also wirklich alle), dabei gewesen zu sein. Doch der Journalist David Nolan hat penibel nachrecherchiert, Zeugen befragt, Fotos ausgewertet – und kam auf 30 bis 40 Besucher (darunter aber Morrissey sowie Peter Hook und Bernard Sumner von der späteren Band Joy Division).

Zusammengewürfelt

Amy Winehouse zeigte ihre Klasse in Reinkultur bei einem Konzert, dessen Umstände man nicht anders als frustrierend bezeichnen muss: Dezember 2006, ein harter Winter. Flüge gehen auf der englischen Insel selten oder gar nicht. Winehouse hat einen kleinen Gig im äußersten Westen von Irland angenommen und will mit ihrer Band am Flughafen in London einchecken (die Organisatoren des regelmäßig stattfindenden Festivals Other Voices hatten schon mehrfach umbuchen müssen). Es ging dabei letztlich nur um ein Provinzfestival, selbst wenn Größen wie Ryan Adams mit seinen The Cardinals, Sinéad O'Connor oder die Ein-Mann-Bluesband Seasick Steve dort auch vorbeischauten.

In der Maschine sind für Winehouse und ihre vier Musiker nur noch drei Plätze frei. Abzusagen ist aber keine Alternative: Kurzentschlossen begibt sich Winehouse nur mit ihrem Bassisten Dale Davis und ihrem Gitarristen Robin Banerjee auf die Odyssee zum kleinen Fischerstädtchen Dingle, um in der winzigen St.-James-Kirche vor ungefähr 80 Zuschauern zu spielen. Doch der Flug wird wegen des Wetters umgeleitet, und erst nach einer mehrstündigen Autofahrt erreichen die drei die Kirche. Quasi aus dem Stand spielen sie gegen 21:00 Uhr ein 20-Minuten-Programm, mit den frühen Winehouse-Songs »Tears Dry On Their Own«, »You Know I'm No Good«, »Love Is A Losing Game«, »Me & Mr. Jones« sowie ihren beiden Welthits »Rehab« und »Back To Black« (der Mega-Seller *Back To Black* war zwei Monate zuvor erschienen und hatte ihr unter anderem fünf Grammys eingebracht). Es wurde eines der denkwürdigsten und schönsten Live-Konzerte in Amy Winehouse' Karriere.

Dazu muss man wissen, dass es eine wahre Kunst ist, mit einem großen Ensemble eingespielte Songs auf kleine Besetzung herunterzubrechen: MTV unplugged beruht auf diesem Prinzip, doch klappt das nicht immer, mit leuchtenden Ausnahmen wie den sagenumwobenen Konzerten von Eric Clapton und Nirvana (für die jedoch die vorher genau ausgewählten Stücke jeweils extra eingerichtet und geprobt wurden). Eine solche Umsetzung hängt vor allem von der Klasse der beteiligten Musikerinnen und Musiker ab: Grandios ist dies etwa Ausnahme-E-Gitarrist Slash mit Sänger Myles Kennedy gelungen, die die hochkomplexen Band-Arrangements auf zwei akustische Gitarren eindampfen und dabei sogar noch gewinnen konnten (»Sweet Child O' Mine«, »By The Sword«).

In Dingle ist alles anders: keine Proben, nur eine zufällig zusammengewürfelte Rumpfbesetzung, keine eigenen Arrangements des Materials, das Winehouse selbst komponiert (oder mitkomponiert) und getextet hatte. Das komplexe, am Jazz orientierte Programm, das besonders von ihrem LP-Erstling *Frank* stammte, wirkt so heruntergebrochen eher seltsam: Der Gitarrist Robin Banerjee spielt eindeutig nur sein gewohntes Material, bleibt also zwischendurch auf Tonrepetitionen oder Oktaven hängen, die eigentlich Füllsel oder Farbtupfer im ursprünglichen Arrangement hätten sein sollen (anders als der legendäre Jazz-Gitarrist Joe Pass ist Banerjee zu keinem Zeitpunkt in der Lage, seiner Solistin wie seinerzeit Pass der großen Ella Fitzgerald improvisierend einen roten Teppich auszurollen).

Doch ist das vollkommen nebensächlich, denn im Falle von Amy Winehouse ist klar: Sie hätte auch solo singend auftreten können, und es wäre ein großes Konzert geworden. Völlig entspannt führt sie durch ihr kleines Programm, flirtet mit dem Publikum und gibt den Songs trotz (oder wegen?) der extrem ungünstigen Umstände Drive, Swing und Druck. Kurz: eine Sternstunde. Im Anschluss hält sie ein lockeres, ebenso beeindruckendes wie charmantes Interview – »klug, frech und großartig«, wie eine der Organisatorinnen später meinte.

Es war vielleicht der Höhepunkt von Winehouse' Karriere (und was für ein Glück, dass die BBC das Konzert aufwändig aufgezeichnet hat). Der Absturz sollte fürchterlich werden.

Grenzerfahrungen

Nachdem sie von zu Hause ausgerissen war, bestritt Gianna Nannini ihren Lebensunterhalt mit Klavierspiel, bis sie sich »bei der Arbeit in einer Bäckerei den halben Daumen absäbelte«. Sie spielte auch Gitarre und Violine, wusste aber schon immer: »Mein wichtigstes Instrument ist und bleibt meine Stimme«. Ihre Unabhängigkeit (oder ihre Eskapaden, wie man will) trieben ihren Manager Peter Zumsteg in die Verzweiflung und am Ende in die Kapitulation.

Beispielhaft wurde ein Ausflug in den Iran: Über das Fernsehen erfährt Nannini vom zweiten Golfkrieg – »ein Schauspiel, das sich gut verkaufen lässt«, sollte es später in ihrer Autobiographie heißen. Sie reist sofort los, um sich ein eigenes Bild machen zu können. Die Grenzkontrolle übersteht sie, indem sie dem bewaffneten Soldaten klarmacht, sie sei ein Rockstar und auf Tournee: Am Ende singt sie ihm »Bello e impossibile« vor, und der Soldat lässt sie in das Kriegsgebiet einreisen. Im Hotel herrscht ab 20 Uhr Ausgangssperre, also müssen alle im Hotel bleiben, »frei und dennoch überwacht«. Nannini setzt sich ans Klavier, beginnt mit Beethovens Klaviersonate Nr. 8 »Pathétique« – und landet »schließlich bei meinen Liedern, unterstützt vom Chor der italienischen Journalisten, die mitsingen, sowie ein paar Russen, die zustimmend nicken«. Ihr Grundsatz: »Ich lasse mich auf Situationen ein, die nach mir rufen, jedes Lebewesen ist wichtig, und man muss nur begreifen, dass am Ende jeder zu viel Geschichte hat, die verkehrt gelaufen ist.«

Bombenhagel

Als Rory Gallagher 1974 auf Irland-Tour ging, war das eine der schlimmsten Zeiten für sein Heimatland: Der Krieg zwischen IRA und Royalisten machte öffentliche Veranstaltungen nahezu unmöglich, Auftritte waren einfach zu gefährlich. Die meisten Künstler sagten ihre Verpflichtungen ab – nicht aber der irische Ausnahmegitarrist, der in Belfast wie geplant in der Ulster Hall spielte (am Tag zuvor waren um die Stadt herum mehrere Bomben gezündet worden).

Ein Belfaster Journalist erinnert sich: »Ich hatte noch nie etwas so Wundervolles, so Mitreißendes, so Erhebendes, so Freudiges gesehen, als den Moment, als Gallagher und die Band auf die Bühne kamen.« Das Ganze sei wie eine Explosion gewesen, alle seien aufgestanden und hätten gejubelt, geschrien und gekreischt, die Arme hochgenommen und sich umarmt. Die Band hätte wie ein Mann zusammen die Arme in die Luft gestreckt und das Friedenszeichen gemacht. »Ohne albern oder zu emotional wirken zu wollen, aber das war einer der denkwürdigsten Momente meines Lebens. Das alles bedeutete etwas, es bedeutete mehr als nur Rock'n'Roll, es war etwas Größeres, etwas, das mehr Gültigkeit hatte, als nur das.«

Wenn Gallagher wollte, war er sowieso nicht zu bremsen: 1977 spielte er im ersten Rockpalast in der Essener Grugahalle – mit blutigen Fingern, da er am Abend zuvor das Jazzfestival in Montreux gerockt hatte. Sein Tipp: Es helfe, vor Konzerten nichts zu essen, denn das halte »die Nerven scharf«.

Offline

1999 meinte R. E. M.-Sänger Michael Stipe nach 23 Minuten Konzertdauer auf dem Glastonbury Festival zum Publikum: »Ihr Menschen seid wirklich reale Menschen, kann ich wirklich sagen. Das … das ist eine Wahrheit. Ich kann euch fühlen, ich kann euch hören, ich kann euch riechen, ich kann euch schmecken« – kein Handy weit und breit.

Garage

2002 erhielten The White Stripes den Grammy in der Kategorie ›Best Rock Song‹ für »Seven Nation Army«, jenen Song, dessen Hauptriff in Fußballstadien nach Toren immer wieder angestimmt wird – und der auf einem Missverständnis beruht: Jack White hatte auf einem Plakat »Salvation Army« (›Heilsarmee‹) fälschlich als »Seven Nation Army« (›Armee der Sieben Nationen‹) gelesen.

Bei den Grammy-Awards wird nun eigentlich erwartet, dass man seinen Hit mehr oder weniger live spielt und es dann damit auch gut sein lässt. Aber nicht mit der Garagen-Band, nicht mit Jack White, an dessen Seite die unglaubliche Meg White trommelt – die eigentlich gar kein Schlagzeug spielen kann, dies aber so umwerfend macht, dass man sich ihr nicht entziehen kann: stocksteif aufgerichtet und mit großen Unterarmbewegungen bei seltsam angelegten Ellbogen.

Nach zwei Minuten springen die beiden um in ein brutales Massaker am Blues-Klassiker »Death Letter«: White spielt auf seiner Billig-Pappe-Kaufhaus-Gitarre, die er für Aushilfstätigkeiten bei einem Umzug geschenkt bekommen hatte, fetzt mit dem Bottleneck (einem Röhrchen, das er über den kleinen Finger der linken Hand geschoben hat) über die Saiten und lässt die Hölle losbrechen, während Meg ihr Schlagzeug Bum-Tscha-Bum-Tscha durchprügelt. Keine vorab aufgenommenen Parts, keine Studiotricksereien à la Autotune, keine KI. Die Bühne ist dabei in so helles zuckendes Licht getaucht, dass man nur noch Schemen erkennen kann. Ein Kritiker meinte später, dem Publikum sei für kurze Zeit der Rock'n'Roll zurückgegeben worden.

Gipfeltreffen

Wenn zwei alte Titanen sich verabreden, zwischen ihren Songs Geschichtchen zu erzählen, kann das eigentlich nur gut werden: Als sich Johnny Cash und Willie Nelson live mit ihren akustischen Gitarren vor Publikum einfinden, sind sie aufgeräumtester Stimmung (beide keine Kinder von Traurigkeit, beide mit allen Wassern gewaschen: Nelson, mit seiner Outlaw-Bewegung als Kampf gegen kommerzielle Fesseln der Country Music, ebenso wie Cash, der sich in seinem gleichnamigen Song als den »Man in Black« bezeichnete, der Schwarz trage für die Armen und am Boden Liegenden, für die Kranken und Einsamen; gerne würde er bunte Sachen tragen, doch: »'Til things are brighter, / I'm the man in black«). Cash bietet Nelson höflich etwas Wasser an, während dieser das Angebot an Getränken begutachtet und besorgt meint: »Mit dem Wasser, dem Kaffee – und heißer Schokolade: Was wird aus unserem Image?« Cash beruhigt den Kollegen: »Solange wir weiter Schwarz tragen ... würde ich sagen ... alles wird okay sein.«

Siamesische Zwillinge

Die Red Hot Chili Peppers spielten 2003 live in Slane Castle (vielleicht ihr bestes Konzert überhaupt). Am Beginn von »Californication« standen Bassist Flea und Gitarrist Frusciante einander gegenüber und verschmolzen zu einer Person in einer Endlos-Improvisation. Das Publikum (80 000 Menschen) klatschte im Rhythmus – nein: Es versuchte, im Rhythmus zu klatschen, und brach ab. Doch dann spielten die beiden Musiker mit einer solchen hypnotischen Kraft und Energie, dass das Publikum gar nicht anders konnte, als doch noch in den gemeinsamen Groove einzustimmen.

Da war früher vorn

Es gab einmal Zeiten, da war das deutsche Fernsehen top of the pops, so zum Beispiel am 10. Oktober 1973: In der (schon damals) altehrwürdigen Sendung aspekte moderiert Michael Stefanowski drei junge Männer an:

> Die Band Kraftwerk, die Sie gleich hören werden, ist in der Popszene für eigenwillige Klangexperimente berühmt. Ihr Name bezieht sich übrigens auf die enorme elektronische Apparatur, mit der das Kraftwerk arbeitet. Gestern nun ist ihre neue Schallplatte erschienen, in der völlig neue Kraftwerk-Töne angeschlagen werden. Der

Titel heißt bescheiden *Ralf und Florian*. Ihre Musik ist deutlich leiser, melodiöser, konsumierbarer geworden, der besondere Reiz liegt darin, dass auch traditionelle Elemente, Sentimental-Romantisches, musikalische Allgemeinplätze in das elektronische Klangspiel integriert werden. Und das ist auch, wie ich meine, ironisch zu verstehen. Darauf deuten schon Titel wie »Heimatklänge«, »Klanggebirge« [eigentlich trägt das Stück den Namen »Tongebirge«], »Ananas Sinfonie« oder dieses Stück, das schlicht »Tanzmusik« heißt.

Ralf Hütter sitzt an einem Tasteninstrument, Wolfgang Flür haut mit zwei Stöckchen auf ein mit Aluminiumfolie beklebtes Brett ein, das so verkabelt ist, dass es verdächtig an die Do-it-yourself-Ausrüstung von Raumschiff Orion oder das Equipment der frühen Star-Wars-Filme erinnert. Daneben steht mit einer Querflöte Florian Schneider. Die Band präsentiert sich in Allerweltskleidern (und zeigt vermutlich das erste elektronische Schlagzeug der Welt). Ausgehend von diesem Moment wird Kraftwerk innerhalb kürzester Zeit eine Revolution entfachen – und zur wohl einflussreichsten deutschen Band aller Zeiten.

Freundschaftsdienste

Wolfgang Niedecken hatte Bruce Springsteen bei einem Interview kennengelernt, das er mit diesem geführt hatte. Die beiden hatten sich auf Anhieb gemocht: Das Interview – sozusagen von Kollege zu Kollege – verschlang am Ende mehr als doppelt so viel Zeit wie angesetzt, und Niedecken lernte am Ende Springsteens ganze Familie kennen.

Irgendwann erreichte den BAP-Gründer die Anfrage, ob er nicht mit seinen eigenen Leuten die Band in dem Video zu Springsteens Song »Hungry Heart« mimen wollte. Gedreht werden sollte in Berlin, im Café Eckstein am Prenzlauer Berg. Am Vorabend wurde noch darum gebeten, ein paar Standards für die Umbaupausen vorzubereiten: Es sei Springsteen unangenehm, die Leute nur als Statisten zu missbrauchen. Also übten sie ein paar Songs von Chuck Berry, ein bisschen Dylan, ein paar Rolling-Stones-Nummern – kein Problem, die Band würde vorbereitet sein. Doch die Aufnahmen in dem Café brachten vorsichtig ausgedrückt den Verkehr zum Erliegen.

Niedecken war begeistert: »Natürlich werde ich diesen Tag nie vergessen, aber auch das nicht, was danach noch geschah. Denn wo auch immer ich meinen amerikanischen Freund in den folgenden Jahren auf Tour besuchte, kam meistens kurz vor dem Auftritt die beiläufige Frage: ›How 'bout a little ›Hungry Heart‹ tonight?« Im Prinzip wäre das auch kein Problem gewesen, denn die Akkorde und der Refrain seien ja meist einfach. »Doch als er mich anwies, auswendig eine Strophe zu übernehmen, war ich aufgeschmissen. Aber das ist nicht groß aufgefallen, denn auf Bruce ist Verlass: Er hat blitzartig geschaltet und die Verse selber gesungen.«

Rotz und Wasser

Bryan Ferry (mit dem hinreißenden Spitznamen ›Byron Ferrari‹) erfuhr von der Ermordung von John Lennon am 8. Dezember 1980 kurz vor einem eigenen Konzert, wo er dann spontan Lennons »Jealous Guy« als Zugabe spielte.

Ihm, dem aalglatten Schönling, Anzug- und Schlipsträger (eben à la Ferrari), liefen am Ende die Tränen die Wangen herunter, und er zog eine so bittere, verzweifelte Grimasse bei »Swallowing my pain«, dass ihm am Ende die Stimme weggickste, als sei er im Stimmbruch, ihm die Nase lief und es ein leichtes Feedback gab. Der Beau war nur Trauer und Wut und Verzweiflung und offen wie ein Scheunentor.

Szenen aus dem Leben

Amtshilfe

Kaum ein Hotel ist so eng mit Kunst und Musik verknüpft wie das legendäre Chelsea in New York, gelegen in der 222 West 23rd Street in Manhattan: Dort wohnten u. a. (in alphabetischer Reihenfolge) Salvador Dalí, Bob Dylan, Falco, Jimi Hendrix, Janis Joplin, Arthur Miller, Nico, Dylan Thomas, Rosa von Praunheim, Tom Waits und Thomas Wolf. Leonard Cohen setzte dem Ort mit seinem Song »Chelsea Hotel #2« ein Denkmal. Und in der Hotelhalle sang Kris Kristofferson Janis Joplin seinen Song »Me and Bobby McGee« vor, den sie zu ihrem eigenen und vielleicht schönsten Werk machen sollte. Nancy Spungen wurde hier erstochen aufgefunden; und als sich Sid Vicious, der unter Drogen stehend neben ihr gelegen hatte, später in genau demselben Appartement den goldenen Schuss setzte, wurde der Punk endgültig zu Grabe getragen.

Im Chelsea wohnte aber auch die noch unbekannte Patti Smith mit dem damals ebenso unbekannten Robert Mapplethorpe zusammen in einem Zimmer ohne Waschbecken. Und als Smith ihre kleine bildhübsche, handliche Gitarre, eine uralte Gibson Parlor, nicht selbst stimmen konnte, ging sie einfach zu Bob Dylan, der ihr gerne half – und nur ein paar Zimmer weiter wohnte. So war das damals im Chelsea.

Retter in höchster Not

Neil Young liebt Spielzeugeisenbahnen – eine Leidenschaft, mit der er 1995 der amerikanischen Traditionsfirma Lionel LLC aus der Krise half: Als das Unternehmen in Absatzschwierigkeiten geriet, kaufte er Anteile (zurzeit hält er 20 %) und erfand das eine oder andere technische Schmankerl. So entwarf er ein TrainMasterSystem, um mehrere Züge gleichzeitig fahren lassen zu können – besonders hilfreich für Kinder (beide Söhne Youngs haben Zerebralparese, eine Hirnerkrankung, die ihre Bewegungsmöglichkeiten stark einschränkt). Mit der Eisenbahn zu spielen, das »bringt die Familie zusammen«, so Young in einem Interview.

Zielgruppen

Black Sabbath residierten in ihren Anfangstagen in der Nähe eines Kinos, das vor allem Horror-Streifen zeigte. Angesichts der langen Schlangen vor den Kassen kam die Band auf die Idee, gruselige Geschichten als Grundlage für die eigenen Songs zu nehmen. Am 13. Februar 1970 erschien ihr erstes Album, und das Datum wird seitdem als Geburtstag des Heavy Metal gefeiert. Sänger Ozzy Osbourne bekannte später: »Wenn ich sage, dass wir den Blödsinn mit der Schwarzen Magie keinen Augenblick ernstnahmen, ist das die reine Wahrheit, uns gefiel einfach das Theatralische am Satanismus«.

Vaterstolz

Eine Songzeile in »Tango Till They're Sore« vom großen Geschichtenerzähler Tom Waits macht stutzig: »I tell you all my secrets / But I lie about my past«. Ist alles also nur erstunken und erlogen? Waits gilt nicht umsonst als einer der gefürchtetsten Interviewpartner, denn der Versuch, ihn zu verlässlichen Antworten zu bewegen, ähnelt dem Versuch, einen Pudding an die Wand zu nageln. Vielleicht ist also wirklich alles gelogen, was er erzählt. Aber selbst wenn – es bleibt eine gute Geschichte, wie das folgende Beispiel beweist:

Waits sei in Memphis zu einer Hochzeit eingeladen gewesen, und wie es sich für jeden guten Touristen gehört, habe er mit seinen Sohn einen Abstecher ins nahegelegene Graceland gemacht, wo Elvis begraben liegt – eine einzige Erinnerungsmaschine: Er und sein Sohn seien am Grab des King vorbeigegangen, und sein kleiner Sprössling habe vorgeschlagen: »Ich will ihn ausgraben und alle seine Zähne nehmen, damit ich daraus eine Halskette machen kann.« Der Vater war der Meinung, dass wohl noch niemand auf diese Idee gekommen sei – womit er unbedingt und ohne jeden Zweifel recht hat.

Schau mir in die Augen

Kennen Sie die Szene in dem Film *The Blues Brothers*, als Jake »Joliet« Blues (gespielt von John Belushi) im Matsch des Tunnels unter dem Ballroom von der Frau, die er verlassen hat (gespielt von Carrie Fisher), gestellt und anscheinend gleich erschossen werden wird – und er die Brille abnimmt und seine wunderschönen braunen Augen wirken lässt? Belushi war damals so auf Droge, dass Regisseur John Landis ihn ein paar Tage auf kalten Entzug setzte, damit seine Pupillen wenigstens ein klein wenig größer werden konnten. Und das sollte dann auch die einzige Szene im Film werden, in der Belushi keine Sonnenbrille trug.

Berufung

Ozzy Osbourne, Sänger der Band Black Sabbath und einer der einflussreichsten Musiker überhaupt, verdiente sich seine Brötchen, bevor er sich dem Musik-Business verschrieb, als Autohupen-Stimmer.

Arbeitslos

Finneas O'Connell war Ehrengast in der Talk-Show The Tonight Show von Jimmy Fallon. Der Bruder von Billie Eilish hatte mit dieser zusammen zu Hause (quasi auf dem Bett, daher der Ausdruck ›Bedroom producer‹) den Riesen-Mega-Erfolg »When We All Fall Asleep, Where Do We Go?« zusammengebastelt und damit 2019 den Vogel abgeschossen. Er erzählte nun, wie die beiden zuvor schon einmal versuchsweise einen Song im Netz hochgeladen hätten – und am nächsten Morgen 1000 Hörer verzeichnen konnten. Verblüfft hätten sie einander gefragt, wer diese 1000 Leute seien, ob der jeweils andere so viele Menschen kenne? Denn: »Wenn du 1000 Leute in Deinem Haus hast, würdest du … na ja … so was wie: ›Bitte geht?‹«

Computer und Aufnahmegeräte seien nun so billig geworden, so O'Connell weiter, dass man alles mit wenig

Aufwand selbst aufnehmen und abmischen könne: »Wenn ich ein interessantes Geräusch höre, nehme ich es auf.« Fallon bat um Beispiele für dessen Sammeldrang, und O'Connell erzählte von einem Zahnarztbohrer, den seine Schwester heimlich mit dem Handy aufgenommen hatte, als sie ihre Zahnspange eingepasst bekam, sowie davon, wie sie beide in Australien begeistert gewesen seien von dem Geräusch, das ertönt, nachdem man den Knopf einer Ampel gedrückt hat: »Wenn das Gehen-Zeichen aufleuchtet, erklingt dieser rhythmische Sound, den ich liebe und den Billie liebt, und den nahmen wir auf.« Was man nun für ein Hi-Hat (das Doppelbecken des Schlagzeugs) in ihrem Mega-Hit »Bad Guy« halten könnte, sei also eigentlich nichts anderes als das Geräusch einer australischen Ampel (als die Geschwister später mit ihrem Vater nach Australien reisten, zeigte auch er sich begeistert von eben jenem Ampelgeräusch und empfahl seinen Kindern, es in einen Song einzubauen – woraufhin O'Connell trocken »Bad Guy« mit dem Handy abspielte und seinen Vater sprachlos machte).

Staunen und Gelächter im Publikum über die Geschichte von dem Ampelgeräusch – nur der Schlagzeuger der Live-Studioband saß mit offenem Mund da, und man weiß nicht: War es vor Begeisterung wegen dieser überbordenden Phantasie, diesem großartigen Gehör und dieser Stilsicherheit – oder aus Angst um seine berufliche Zukunft?

Brückenbau

Die Bee Gees waren 1975 eigentlich schon Geschichte, wären da nicht diese zwei Brücken gewesen, über die Linda und Barry Gibb jedes Mal auf ihrem Heimweg in ihrer Limousine über die Biscayne Bay nahe Miami gefahren wurden und die jedes Mal ein charakteristisches Geräusch erzeugten. Irgendwann wandte sich Linda an ihren Ehemann und meinte beiläufig (so erzählt es zumindest David English, der damalige Präsident von RSO Records): »Hör mal auf dieses Geräusch. Es ist jeden Tag dasselbe, unser Fahrgespräch.« Gibb sang gedankenverloren vor sich hin, woraus der Song »Drive Talkin'« wurde. Doch im Studio versang sich Barry Gibb – und »Jive Talkin'« war geboren, jener Song, der das gewaltige Comeback der drei Gibb-Brüder einläuten und die Vormachtstellung der Bee Gees auf Jahre hinaus zementieren sollte (ohne Bee Gees keine Disco-Musik usw.).

Zurück zu den Quellen

Blixa Bargeld nahm für seine Band Einstürzende Neubauten Maschinengeräusche direkt bei einem Baumaschinenverleih auf. Man hätte entsprechende Geräusche natürlich leichter aus dem Digitalspeicher im Studio abrufen können, aber nein: »Ich brauche die körperlich sinnliche Erfahrung eines Motors, um zu erkennen, welches Lied in einer Maschine schläft. Denn ein laufender Motor ist voll von feinsten Variationen. Das macht ihn zu einem idealen Schlagzeuger.«

Grenzgänger

Eine Einreise in die USA ist kein Spaß. Besonders die New Yorker Beamten sind gefürchtet: Ruckzuck findet man sich in Handschellen wieder und droht abgeschoben zu werden. Also bloß keine Scherze machen!

Udo Lindenberg deckt sich nach eigener Aussage inzwischen völlig mit seiner Kunstfigur: Udo Lindenberg ist Udo Lindenberg. Und da steht er zusammen mit Benjamin von Stuckrad-Barre, der die sich anschließende Szene in seinem Buch *Panikherz* hinreißend beschreibt, also in der Warteschlange vor dem Einreiseschalter in Los Angeles, in Nadelstreifenhosen, Nietengürtel, Kapitänsjacke über Matrosenhemd und braunem Tropenhut, die Socken neongrün, ohne Schuhe (die ihm nach dem langen Flug unbequem geworden waren). Beide sahen nicht so aus, so Stuckrad-Barre, »als hätten wir eventuell Drogen dabei oder so, wir sehen vielmehr aus, als bestünden wir praktisch aus Drogen.« Und völlig unfassbar: Lindenberg raucht im Land des absoluten Rauchverbots eine Zigarre und unterhält sich dabei locker mit dem Beamten: »Hi, hi, here we are, happy to be here again, how are you doing man, good looking.« Das ihm entgegengebellte »No smoking, Sir!« nimmt er gelassen hin und hält die weiterhin brennende Zigarre für die Dauer des Gesprächs höflich auf Hüfthöhe.

Der Beamte fragt, wer er sei, und Lindenberg erzählt ihm seine Lebensgeschichte, wie er als Schlagzeuger anfing usw. Was er von Beruf sei? Er sei Udo Lindenberg, aber eigentlich das entführte Kind des ersten Nonstop-Atlantiküberfliegers Charles S. Lindbergh (einem der großen Helden Amerikas, ein Heiligtum – etwa so, als würde jemand bei der Einreise nach Deutschland behaupten, er sei der Urenkel von Neuschwanstein-Ludwig).

Das muss das Ende sein, befürchtet Stuckrad-Barre, sieht sich schon auf dem Weg in das Hochsicherheitsgefängnis Guantanamo, zumal Lindenberg dem Beamten auf seinem Handy Ausschnitte von seinen Live-Konzerten zeigt und den verdutzten Mann fragt, ob er, der Beamte, selbst ein paar Songs geschrieben habe, die man übernehmen könne, man wisse ja nie … Und was macht der Schalterbeamte? Er lacht, kann gar nicht mehr aufhören zu lachen, und lässt Lindenberg passieren. Der sei schon ein lustiger Typ, also wirklich. »Good Luck!« (Und Stuckrad-Barre wird gar nicht mehr kontrolliert, sondern einfach mit durchgewunken, denn er gehört ja anscheinend dazu und ist damit über jeden Zweifel erhaben.)

Endlich

Lange Zeit sah man Mark Knopfler von den Dire Straits mit Tennis-Schweißbändern um die Handgelenke und mit Stirnband – aus gutem Grund: Die Schweinwerfer auf der Bühne strahlten früher eine derartig infernalische Hitze ab, dass Knopfler jedes Mal der Schweiß in die Augen lief, er buchstäblich nichts mehr sah und nach dem Konzert pitschnass von der Bühne kam. Das hörte erst mit der Erfindung der LEDs auf, so Knopfler: »Als diese modernen Scheinwerfer aufkamen, brauchte ich kein Stirnband mehr zu tragen: Also habe ich es aufgegeben.«

Abgenabelt

Als Angus Young das Vega-System des Elektronik-Genies Ken Schaffer für sich entdeckte, soll er diabolisch gegrinst haben: Ein kleiner Kasten auf dem Rücken würde auch die Signale von seiner E-Gitarre direkt zum Verstärker senden können – und endlich würde er frei sein, kein Kabel mehr. Er würde über die Bühne springen und den Duck-Walk machen können, wann und wo und wie immer er wollte. Schnell entwickelte er sich zum geachteten Marathonläufer unter den Musikern des Business – und AC/DC wurde zu einem der besten Live-Acts aller Zeiten.

Fan-Verzweiflung

Alternde Fans sollen angeblich einen Brief an Bruce Springsteen geschrieben haben, in dem sie buchstäblich um Gnade baten. Sie, die Fans im mittleren Alter, wüssten wirklich zu schätzen, was Springsteen in seiner »langen Karriere geleistet« habe: »Ihre Musik war der Soundtrack unseres Lebens; sie hat unsere Feiern bereichert und uns durch die dunkelsten Tage geholfen.« Doch wären seine Live-Konzerte so entsetzlich lang: »Was zur Hölle denken Sie eigentlich, was Sie da machen?« Die Fans klagten über Springsteens jüngste Auftritte in seinem Heimatstaat New Jersey: »Sie waren mit 3 Stunden 52 Minuten und sogar 4 Stunden Ihre beiden längsten Auftritte in den USA.« Dieser Blödsinn müsse aufhören: »Normale Menschen tun so etwas einfach nicht.«

Als älterer Mensch habe man ja kaum eine Chance: »Denken Sie an uns, [...] genauer: an unseren Ischias. Und unsere spindeldürren, alten Knie. Und an unsere schwachen, kleinen Blasen.« Denn: »Wenn wir nach der dritten Stunde den Saal verlassen, um auf die Toilette zu gehen, ist es durchaus möglich, dass wir nie wieder zurückkommen.« Selbst konzentrierteste Vorbereitung würde nicht helfen, sie hätten zwar »geübt, in den Kaffeepausen im Büro gestanden, und mit den Fäusten auf uns eingeklopft, um unsere Blasen zu dehnen, nur ein- oder zweimal in der Nacht aufzustehen, um auf die Toilette zu gehen, und wir bleiben später auf als sonst – manchmal bis 23:30 Uhr!« Doch sei alles umsonst gewesen.

Am Ende dann aber das Einlenken. Die Fans wollen den Kick des Live-Konzertes mit Springsteen niemals missen: »Doch wenn wir es recht überlegen: Ändern Sie nichts. Wir möchten lieber dann tot umfallen, während wir Sie sehen.«

Wagnisse

Alles auf eine Karte

Seit der Spätantike wird der Gott der Gelegenheit (griechisch als Kairós, lateinisch als Occasio) verehrt. Er trägt vorne langes Haar, ist aber am Hinterkopf kahlgeschoren, will sagen: Man muss sein Glück gleich beim Schopfe packen; ist die Gelegenheit aber vorbei, greift man ins Leere und geht buchstäblich leer aus.

Al Kooper ist von Hause aus eigentlich Gitarrist – spielt auch ein wenig Klavier – und war in New York ein halbwegs ordentlich beschäftigter Session-Musiker, als er den Produzenten Tom Wilson kennenlernte. Der lud ihn zur nächsten Aufnahme ein: Kooper sei doch Bob-Dylan-Fan, und er, Wilson, sei für dessen nächste Produktion verantwortlich. Kooper solle mitkommen, sich ins Studio setzen und sich unverdächtig verhalten.

Er sitzt also an einem Donnerstag, dem 16. Juli 1965, im Studio mit seiner Gitarre in Reichweite, als Dylan hereinkommt – »mit Mike Bloomfield, und der hat eine weiße Telecaster, ohne Koffer, und die ist pitschnass«. Bloomfield, damals einer der heißesten Geheimtipps in der Szene, hatte sich die Gitarre nur ohne Koffer leisten können, sein erstes gutes Instrument, doch auf dem Weg ins Studio war er vom Regen überrascht worden. Aber kein Problem für den anerkannten Blues-Gitarre-Spezialisten: Er kommt rein, wischt seine Gitarre mit einem Handtuch trocken, nimmt sich einen Verstärker und beginnt sich warmzuspielen. Kooper ist wie vom Donner gerührt: »Und ich höre ihn spielen, besser als irgendjemand, den ich je gehört hatte, und der spielt sich nur warm.« Der Befund ist eindeutig: »Ich bin so was von am Arsch.« Er zündet sich eine Zigarette an, packt seine Gitarre ein und legt sie unter seinen Stuhl, geht in den Kontrollraum und tut erst einmal gar nichts.

Paul Griffin ist inzwischen von der Hammond-Orgel an das Klavier gewechselt. Kooper geht zu Produzent Wilson und bietet ihm an, die freigewordene Orgel zu übernehmen. Wenn nicht die Gitarre, dann eben ein anderes Instrument. Doch der meint, sich verhört zu haben: »Wovon redest du überhaupt? Du bist ein Gitarrist!« In diesem Moment ruft ein Assistent Wilson aus dem Raum – und Kooper ist sich keiner Schuld bewusst, als er sich daraufhin einfach an die Orgel setzt, denn explizit verboten hatte Wilson es ihm nicht. Und die Hammond-Orgel ist zum Glück noch eingeschaltet geblieben. Kooper weiß: »Es ist ein Prozess in drei Schritten, eine Hammond einzuschalten, das ist kompliziert, und ich wusste wirklich nicht, wie ich das hätte bewerkstelligen sollen.« Zudem ist das nächste Stück erfreulicherweise in C-Dur (also erst einmal keine Vorzeichen bzw. nur weiße Tasten). Also los! Doch kann Kooper nicht hören, was er spielt, denn sein Monitor ist zu weit weg. Er dreht deswegen voll auf. Zum Glück macht Gitarrist Bloomfield Fehler, sodass es eine Reihe mehrerer Takes gibt, »währenddessen lernte ich«. Und »da war etwas Gospelartiges für mich in dem Song, das war mein Ansatz«. Irgendwann kommt Wilson zurück und sieht Kooper bei der Aufnahme (auf einem der Bänder hört man ihn rufen: »Was machst denn du da an der Orgel?«), lässt ihn aber weiterspielen.

Kooper wurde schnell berühmt, weil er bei den »Like A Rolling Stone«-Sessions mitgespielt und den Klassiker mit seinem unkonventionellen, aggressiven Orgelspiel maßgeblich geprägt hatte. Er hatte geduldig abgewartet und dann im entscheidenden Moment die Gelegenheit beim Schopf gepackt und nicht mehr losgelassen.

Um sein Leben spielen

1976 und 1977 waren die noch nahezu unbekannten ZZ Top als Teil der World Wide Texas Tour als Werbeträger für ihre geliebte Heimat unterwegs – mit vier Trucks, die auch jede Menge Viehzeugs transportierten, das jeden Abend auf der Bühne verteilt wurde: ein riesiges Longhorn, Klapperschlangen – und Geier. Die Geier waren hinter dem Schlagzeuger Frank Beard (der ZZ-Top-Mann ohne Bart) positioniert, und das machte ihm Sorgen: »Die Geier waren direkt hinter mir. Und wenn ich einen langsamen Blues spielte, dann interessierten die sich für mich, wie der Geier das halt so macht. Also begann ich, meine Arme deutlicher zu bewegen.«

Tellerwäscher

Carlos Santana arbeitete 1967 im Tic Tock in San Francisco am Spülbecken. Eines Abends fuhren zwei Limousinen vor, darin die Rockband Grateful Dead (das Flaggschiff des LSD-getränkten Psychedelic Rock). Santana ließ sich keine Bewegung, keine Geste der Gäste entgehen – und hängte am Ende des Abends sein Handtuch an den Nagel, um sich von diesem Moment an ausschließlich seiner Musik zu widmen.

Zwei Jahre später spielte er voll wie ein Eimer als nahezu Unbekannter in Woodstock und definierte den Latin Rock.

Was für ein Albtraum

Der Begriff ›Gitarrenheld‹ wird schlicht und einfach zu oft vergeben: Jeder, der nicht bei drei auf den Bäumen ist, ist gleich ein Gitarrenheld. Dabei gibt es eigentlich nur einen einzigen – und den kennt kaum jemand, nämlich Bernie Tormé, geboren 1952 in Dublin.

Nachdem Ausnahmetalent Randy Rhoads völlig unnötigerweise bei einer Spritztour mit einem Kleinstflugzeug tödlich verunglückt war, suchte Ozzy Osbourne wie gewohnt pietätlos einen Ersatzmann, um seine Tournee mit seinem Black-Sabbath-Nachfolger-Trupp nicht unterbrechen, geschweige denn canceln zu müssen. Er engagierte blind Tormé. Der reiste aus Großbritannien an (nur mit einem Hinflug-Ticket ausgestattet und ohne Geld) und bekam eine Soundcheck-Probe zugestanden. Doch seine Gitarren waren im Zoll hängengeblieben: »Ich musste auf einer Gitarre spielen, die absoluter Dreck war, und ich spielte Songs, die ich nicht kannte«, denn eigentlich hatte er einfache Stücke aus Osbournes alter Band Black Sabbath und nicht das intellektuell und spieltechnisch extrem herausfordernde Randy-Rhoads-Material erwartet. Kurz: ein veritabler Albtraum. »Was das Arrangement, die Licks und die Feinheiten betrifft, war das alles nicht machbar. Ich war dazu schlicht nicht in der Lage. Ich hatte ein Jet-Lag, war müde und verängstigt und hatte überhaupt keine Ahnung, was das werden sollte.« Doch Tormé lieferte am Ende einen ordentlichen Job ab – und ist damit ohne jeden Zweifel der einzige wahre Gitarrenheld. Allein, in der Fremde, übernächtigt, pleite, ohne eigene Instrumente, im freien Fall mit unbekanntem, hyperkomplexem Material, ohne Probe, nur mit einem Soundcheck, und dann solch eine Leistung. Wow!

Wurzeln

Horst Lippmann und der legendäre Konzertveranstalter Fritz Rau hatten 1964 und 1966 Auftritte des American Folk Blues Festivals auch in der Deutschen Demokratischen Republik organisiert (das staatseigene Label Amiga veröffentlichte Mitschnitte). Und die Bluesszene boomte. In den 1980er-Jahren mussten viele der Bluesbands allerdings ein Hintertürchen für das drohende Auftrittsverbot suchen. Bei sogenannten Bluesmessen traten sie daraufhin relativ unbehelligt in Kirchen auf.

Mut

Am 28. März 1981 spielten The Who im deutschen Rockpalast. Der Auftritt sollte live im Fernsehen übertragen werden. Damals waren Sebastian Krumbiegel und Tobias Künzel, Mitglieder der späteren A-Cappella-Gesangs-Truppe Die Prinzen, im Leipziger Thomanerchor tätig. Vor dem Fenster ihres Internatszimmers stand ein Baugerüst, und das kam den beiden Jugendlichen gerade recht: Eigentlich hätten sie am nächsten Tag im Matrosenanzug Kirchenmusik singen müssen, doch so konnten sie aus dem Internat fliehen, um bei dem Bruder von Tobias die Fernsehübertragung des Rockpalast-Konzertes zu sehen.

Was sich da so leicht erzählt, hat einen ernsten Beigeschmack: Ihre Popmusikaffinität mussten die beiden Thomaner schon immer peinlich genau vor den Chor-Offiziellen geheim halten. Und auf West-Fernsehen standen empfindliche Strafen. Kurz: Beide gefährdeten mit ihrer Aktion schlicht und einfach ihre Zukunft. Doch stand nach dem Konzert für Krumbiegel fest, er wolle »Popmusiker werden«. Er gründete 1987 mit Wolfgang Lenk und Dirk Schrot das Trio Die Herzbuben. Eines ihrer ersten aufgenommenen Stücke wurde eine Version des Who-Klassikers »My Generation«.

Nach dem Mauerfall wurden Die Herzbuben ins kalte Wasser des West-Kommerzes geschmissen bzw. letztlich von Annette Humpe entdeckt, mit den Grundzügen der Marktwirtschaft vertraut gemacht und weiter gefördert (und dazu gezwungen, einen Schlagzeuger einzuplanen). Ihren Namen hatten sie mittlerweile in Die Prinzen geändert, weil sie allzu oft mit den beiden Schwergewichten der sogenannten Volksmusik, den ›Wildecker Herzbuben‹, verwechselt wurden (doch ist das eine andere Geschichte).

Gun for Hire

Als der Brite Eric Clapton zusammen mit seiner Band Cream, der ersten Supergroup der Rock-Geschichte, 1967 in die USA kam, um dort zu touren, hatte Ahmet Ertegün, ein mächtiger (*sehr* mächtiger) Boss bei Atlantic Records (dem Label, das Cream in Amerika vertrat), die Idee, zwei seiner Stars aufeinander loszulassen: Der damals 22-jährige Clapton war der Gitarrist der Stunde, die amerikanische Soul-Sängerin Aretha Franklin auf dem Höhepunkt ihres

Könnens. Man nahm *Lady Soul* auf (ein Album, das der *Rolling Stone* später auf Platz 85 der besten 500 Alben aller Zeiten einordnen sollte).

In seiner Autobiographie schilderte Clapton die Szene ausführlich: Ertegün »schmiss diese ganzen Gitarristen aus dem Raum und steckte mich da alleine rein. Ich war so nervös, weil ich keine Noten lesen konnte, und sie spielten von Blättern auf Notenständern.« Dann kam Franklin dazu und sang »Good To Me As I Am To You«. Und man muss sich das bildlich vor Augen führen: der spindeldürre bleiche Engländer in schreiend bunten Klamotten und vermutlich mit Schlaghosen ausgestattet, und daneben die selbstbewusste Prediger-Tochter mit gewaltig gewellter Fönfrisur, gebügeltem weißem Hemd und schwarzer Hose. Zwei Welten krachten frontal aufeinander. Doch (wie das so oft unter wirklich guten Musikerinnen und Musikern ist) war nach dem ersten Ton alles klar.

In der Rückschau meint Clapton: »Ich muss schon sagen, dass auf dem Album für Ahmet und Aretha zu spielen, mit all diesen unglaublichen Musikern, immer noch einer der Höhepunkte meines Lebens ist.«

Durchhaltevermögen

Viele meinen, die schwedische Super-Popgruppe ABBA sei quasi aus dem Nichts auf der Bildfläche erschienen und hätte 1974 mit ihrem Song »Waterloo« beim Eurovision Song Contest (damals noch Grand Prix Eurovision de la Chanson européenne) ihre Weltkarriere eingeleitet. Ein Jahr zuvor hatten sie jedoch schon einmal versucht, am Grandprix teilzunehmen, waren aber in der nationalen Ausscheidung mit »Ring Ring« nicht über einen dritten Platz hinausgekommen und blieben (noch) nahezu unbekannt.

Breit gefächert

Annette Humpe gründete mit ihrer Schwester Inga die Neonbabies, war Frontfrau und Kopf von Ideal (»Blaue Augen«), machte nach der Auflösung der Berliner Kultband weiter – und textet inzwischen für Max Raabe und sein Palastorchester (»Kein Schwein ruft mich an«), der nach eigener Aussage ohne Annette Humpe nicht mehr leben könnte. Was für eine Karriere!

Wer am Ende das Rennen macht

In ihrem ebenso schönen wie traurigen Liebeslied »Diamonds and Rust« besingt Joan Baez ihre Beziehung zu Bob Dylan (»Yes, I loved you dearly«): Sie sei anscheinend nur eine günstige Gelegenheit für den damals noch unbekannten Dylan gewesen, hatte eben gerade zur Verfügung gestanden. In nur zwei Zeilen verdichtet sie dieses Bild (»The Madonna was yours for free / Yes, the girl on the half-shell / Could keep you unharmed«), indem sie die Muttergottes und Venus in ihrem Muschelwagen zusammenzwingt (eine Sugar Mama nennen männliche Bluesmusiker solch eine Frau, denn bei der könne immer Unterschlupf gefunden werden, um eine warme Mahlzeit oder die Rechnungen bezahlt zu bekommen).

Man kann darüber streiten, ob Dylan Baez tatsächlich eiskalt ausgenutzt hat, um seine Karriere anzukurbeln. Klar ist aber, in welch unterschiedlichen Ligen die beiden – besonders mit ihren Songtexten – spielten (»lousy« habe er ihre Texte genannt, er, der später den Nobelpreis für Literatur gewinnen sollte), wohingegen sie die deutlich bessere Gitarristin war (was Dylan zu der schwer erträglichen Äußerung brachte, ihre rechte Fingerpicking-Hand hätte er jederzeit geheiratet).

Baez war als Folk-Sängerin eine große Nummer, war etabliert, hatte einen Ruf wie Donnerhall; Dylan hingegen (noch) nicht. Während sie also problemlos in ein Hotel einchecken konnte, bekam er erst ein Zimmer, nachdem sie sich für ihn eingesetzt hatte. Und Dylan schrieb daraufhin mit »When the Ship Comes In« aus dem Stand einen vor Wut schäumenden Song, eine gnadenlose Rachefantasie: Wenn der Wind sich gelegt habe, kurz bevor der Hurrikan loslegen würde, zu der Stunde, wenn das Schiff einlaufen werde, würde es eine Abrechnung geben, eine Abrechnung, die sich gewaschen hätte (und für die er Bilder und Personen aus dem Alten Testament zitiert): Wie Pharaos Leute würden die Gegner ersäuft und wie Goliath durch David überwältigt werden, denn ihre Tage seien gezählt (»Your days are numbered / And like Pharoah's tribe / They'll be drownded in the tide / And like Goliath, they'll be conquered«). Der Text war aus Dylan nur so herausexplodiert.

Man kann von Biopics halten, was man will (Geschichtsfälschung, Idealisierung, Vereinfachung für das große Publikum), aber eine Szene aus »Like A Complete Unknown« von 2024 über Dylans Frühzeit bringt das Verhältnis Baez/Dylan schmerzhaft auf den Punkt: Dylan (großartig gespielt von Timothée Chalamet) klingelt Baez (ebenso großartig verkörpert durch Monica Barbaro) nachts aus dem Bett, setzt sich an ihren Tisch, greift sich ihre Gitarre und beginnt zu komponieren. Sie fragt ihn, ob er nur deswegen gekommen sei, damit sie zusehe, wie er komponiere, und weist ihm wutentbrannt die Tür. Er ist auf dem Weg zur Tür, hält ihre bildschöne Gitarre in der Hand, will sie anscheinend mit sich nehmen, und sie reißt ihm das Instrument aus der Hand – das sei ihre Gitarre. Es geht auch hier wie immer darum, wer am Ende das Rennen macht und wer zurückbleibt.

Angst vor dem Meister

Bryan Ferry nannte Dylan »the Picasso of Song«. Doch warum? Ferry, der Malerei an der Universität von New Castle studiert hatte und als Restaurator sowie als Kunstlehrer an einer Mädchenschule tätig war, wusste, dass Malerkollegen wie Georges Braque ihre Staffeleien verhängten, falls Kollege Pablo Picasso einmal unerwartet in ihrem Atelier vorbeischauen sollte – sie hatten Angst vor dem Genie, das ihre Ideen wie ein Schwamm aufsaugen und in allerkürzester Zeit direkt und anders und neu und besser umsetzen würde. Und genauso verhielt es sich mit Dylan, aus dem die epochemachenden Songs nur so heraussprudelten.

Schicksal und Zufall

Sterntaler

In ihrem Buch *Just Kids* schildert Patti Smith, wie sie mitten in der Provinz in einer Telefonzelle eine Brieftasche findet mit exakt dem Geldbetrag, den sie braucht, um nach New York fliehen zu können – um dort das tun zu können, was sie eigentlich schon immer tun wollte (obwohl sie damals noch gar nicht so genau wusste, was daraus werden würde). Den Fund wertet sie als Wink des Schicksals und nimmt das Geld guten Gewissens an sich.

Man stelle sich einmal vor, wie anders die Geschichte verlaufen wäre ohne diesen Zufallsfund: keine revolutionär-neue Verbindung von Lyrik und Rock- und Popmusik, keine Godmother of Punk. Nicht auszudenken.

Timing

Man kann von Michael Jackson halten, was man will, aber eines ist unbestreitbar: Er hatte ein gutes Auge, wählte für seine Live-Auftritte immer hochinteressante Musiker und vor allem Gitarristen aus, unter diesen Slash, Steve Stevens oder Eddie van Halen, vor allem aber suchte und fand er Frauen. Großartig zum Beispiel Jennifer Batten, die erste Frau, die das berühmte Guitar Institute of Technology (GIT) absolvierte und später wiederum als erste Frau dort auch lehrte. Sie spielte das berühmte Solo aus »Beat It« (das van Halen angeblich im Studio nur zusammengestückelt hatte) live und entspannt in einem Rutsch.

Und es hatte eine Anwärterin auf den Posten der Live-Gitarristin für Jacksons Bühnenauftritte gegeben, die haarscharf am Weltruhm vorbeischlittern sollte: die Australierin Orianthi. Sie hatte sehr klare Ansichten über Männer und Gitarren, sie habe »lieber einen Gitarrenkoffer in der Hand als die Hand eines Mannes«, denn so ein Koffer vermittele ihr »mehr Sicherheit als ein Kerl«. Außerdem seien Gitarristen männlichen Geschlechts oft »Typen, die ihre überbordende Sexualität in den Vordergrund des Spiels stellten«; Frauen aber sähen die Gitarre »nicht wie so mancher als eine Art verlängerter Penis«, zumal das ja auch »keinen Sinn ergeben« würde.

Die Proben für die Auftritte mit Orianthi waren im Sommer 2009 bereits abgeschlossen, die Tournee stand kurz bevor – doch Jackson verstarb am 27. Juni. Orianthi wurde also keinem Weltpublikum bekannt, und inzwischen ist es eher still um sie geworden.

Bruder im Geiste

Seine Mutter zwang ihn, noch ein letztes Mal ins Stahlwerk zu gehen, bevor er zu der neuen Band unter Ozzy Osbourne stoßen durfte (nach nur einem Auftritt hatte er Jethro Tull für Osbournes neue Band verlassen). Der 17-jährige Tony Iommi sollte einen Kollegen an einer Blechstanze und damit an einer Maschine vertreten, an der er noch nie zuvor gearbeitet hatte. Es sei alles gut gegangen, bis er »für einen Moment die Konzentration verlor. Mit einem lauten Knall quetschte mir das Stahlmonstrum die Fingerkuppen der mittleren Finger [der linken Hand] ein. Reflexartig riss ich die Hand zurück und verlor dabei zwei Fingerenden. Entsetzt sah ich die hervorstehenden Knochen. Überall floss Blut.« Iommi war am Boden zerstört.

Sein besorgter Vorarbeiter machte ihn mit der Musik des Jazz-Gitarristen Django Reinhardt bekannt, den ein ähnliches Schicksal ereilt hatte: Bei einem Brand seines Wohnwagens war ihm geschmolzenes Plastik über Ringfinger und kleinen Finger der linken Hand geflossen, die verkrüppelt blieben – und erst im Anschluss war Reinhardt mit einer speziellen Technik zu einem der einflussreichsten Musiker überhaupt geworden. Legendär sind seine wieselflinken und immer fröhlichen Gitarren-Soli.

Iommi fasste Mut, baute sich aus Leder und Plastikteilen von Seifenflaschen künstliche Fingerkuppen, stimmte seine Gitarre tiefer (um die Saitenspannung und damit die Schmerzen in der linken Hand zu vermindern), experimentierte mit sehr dünnen Banjo-Saiten und bekam später von der Firma Picato sogar einen speziell auf ihn zugeschnittenen Saitensatz hergestellt. Er konzentrierte sich notgedrungen auf sogenannte Powerchords (die man mit Zeige- und kleinem Finger der linken Hand spielen kann), unterließ es, bei Soli die Saiten mit der linken Hand zu ziehen (die Schmerzen wären zu groß gewesen), erfand also die E-Gitarre neu und legte die Grundlage für Heavy Metal.

Nottaufe

Die britische Rockband Jethro Tull mochte den eigenen Bandnamen nie, über den bloß der Zufall entschieden hatte: Zu Beginn waren die Jungs um den charismatischen Ian Anderson (der Flöte spielte, weil alle anderen Jungs zur Gitarre griffen und er sich mit seinem exotischen Instrument mehr Chancen beim anderen Geschlecht ausrechnete) nicht besonders gut und mussten jede Woche eine neue Bezeichnung wählen, um in demselben Club nochmals auftreten zu können. Dann endlich engagierte sie der sagenumwobene Marquee Club ein zweites Mal – doch natürlich unter jenem Namen, der dem Club bekannt war und den man eigentlich längst ad acta gelegt hatte. Aber es war nichts mehr zu machen (Jethro Tull war eigentlich ein Landwirt aus dem 18. Jahrhundert, der aus Teilen einer Kirchenorgel eine Sämaschine gebaut hatte).

Poetische Gerechtigkeit

Lemmy Kilmister und seine Truppe Motörhead hatten einen schlechten Ruf, keine Frage. Und so erfuhren sie oft eine Sonderbehandlung, etwa bei Check-ins am Flughafen. Ein Fall blieb dem Trio besonders im Gedächtnis: Bei einer Sicherheitskontrolle an einem Flughafen mussten sie den Beamten in einen Raum folgen. »Irgendwann ließen sie uns aus dem Raum raus und in das Flugzeug einsteigen. Witzigerweise kam sofort der Kapitän angerannt und sagte: ›Ich habe schon von euch gehört. Ihr Typen seid eine Schande für die Gesellschaft! Wenn ihr irgendeinen Mist an Bord meines Flugzeugs macht, wird euch die Polizei auf der Landebahn erwarten, sobald wir in Heathrow gelandet sind‹ und all dieser Scheiß. Also sagten wir. ›Ach, Scheiße, ist ja gut.‹« Doch natürlich ereignete sich gleich nach dem Start etwas Unerfreuliches: Als die Drinks serviert wurden, kippte Gitarrist »Fast« Eddie Clarke im Überschwang ein Glas Wodka Orange über den Nacken der Frau vor ihm. »Wir fanden nicht, dass es eine große Sache war, aber als wir den Boden in Heathrow berührten, sahen wir die Polizeiautos, die aufgereiht neben der Landebahn standen. Wir dachten: ›Oh nein, jetzt sind wir am Arsch!‹« Doch nicht die Band, sondern der Kapitän wurde festgenommen – er war betrunken.

Wiedergänger

Es gibt Geschichten, die sind schlicht und einfach unglaubwürdig – so die folgende, die aber zu bedeutend ist, um sie außen vor lassen zu können:

Es ist der 5. Juni 1976: Pink Floyd arbeitet im Studio, feilt am neuen Album, das unter dem Titel *Wish You Were Here* Furore machen wird. Inzwischen hatte man sich von Gründungsmitglied Syd Barrett getrennt, der die ersten beiden Hits der Band, »Arnold Layne« und »See Emily Play«, komponiert hatte und beim Erstling *The Piper At The Gates Of Dawn* für acht der zwölf Titel verantwortlich zeichnete. LSD, in unvorstellbar großen Mengen, bei gleichzeitiger psychischer Verletzlichkeit: keine gute Mischung. Oft war er gar nicht mehr zu den Konzerten erschienen, war untragbar geworden, am Ende ein Totalausfall, 1968 die Trennung. Barrett war vergessen worden – bis zu jenem Tag im Juni.

In der Autobiographie von Drummer Nick Mason steht, dass er im Regieraum »einen großen, fetten Kerl« bemerkte, »mit kahl rasiertem Kopf, der einen alten, abgerissenen Regenmantel trug, eine Plastiktüte in der Hand hielt und mich mit einem freundlichen, aber geistesabwesenden Gesichtsausdruck ansah«. Lange Zeit erkennt ihn keiner (Tastenmann Rick Wright meint: für 45 Minuten), doch dann wird klar: Es ist Barrett! Die körperliche Verfassung des ehemaligen Herzstücks der Band sei katastrophal gewesen, er habe völlig unzusammenhängend geredet. Barrett bietet von sich aus an, bei den anstehenden Arbeiten zu helfen. Also wird ihm das nahezu fertiggestellte »Shine On You Crazy Diamond« vorgespielt. Barrett hört schweigend zu (Grafikdesigner Storm Thorgerson, damals zufälligerweise vor Ort, sollte sich später erinnern, wie zwei oder drei der Anwesenden geweint hätten). Und dann, plötzlich, sei Barrett wieder verschwunden.

Mason ist sich sicher, dass Barrett als Katalysator bei »Shine On You Crazy Diamond« gewirkt habe. Und für ihn sei es »immer noch der ergreifendste Moment des ganzen Albums, wenn die letzten Töne ausklingen und Rick wehmütig ein paar Melodiefetzen von ›See Emily Play‹ in den oberen Oktaven anspielt«.

Man könnte nun natürlich fragen: Wie konnte jemand Fremdes einfach ins Studio gelangen? Gab es keine Security? Nicht einmal einen Pförtner? Warum fragte ihn später niemand nach seiner Adresse oder wie man ihn erreichen könnte? Warum verschwand er so plötzlich wieder? Warum hielt ihn keiner auf? Und warum forschte niemand nach ihm? (Bis zu Barretts Tod 2006 im Alter von 70 Jahren traf sich niemand der übriggebliebenen Mitglieder von Pink Floyd mit Barrett.) Und noch schlimmer: Was soll diese Geschichte überhaupt – zumal Barrett kaum Einfluss auf die Produktion genommen hatte bzw. man doch schon quasi fast fertig war mit dem Album?

Doch sind dies letztlich müßige Fragen. Wer »Shine On You Crazy Diamond« hört, kommt an dem traurigen Text, der schon immer Barrett zum Thema hatte, nicht vorbei:

»Remember when you were young? / You shone like the sun / Shine on, you crazy diamond / Now there's a look in your eyes / Like black holes in the sky«. Barrett aber blieb ausgebrannt und machte bis zu seinem Tod nie wieder Musik.

Tatort

Die Pop-Diva Whitney Houston verstarb am 11. Februar 2012 im Beverly Hilton Hotel in Beverly Hills, Kalifornien (sie ertrank in der Badewanne, Herz und Kreislauf waren zu schwach, und sie hatte zu viel Kokain genommen). Im selben Hotel war sie 27 Jahre zuvor der staunenden Musikbranche vorgestellt worden: Clive Davids, damals Chef der Plattenfirma Arista, lobte das vieroktavige Stimmwunder vor den Anwesenden in den höchsten Tönen – und jedem, aber auch wirklich jedem, war klar, dass hier eine außerordentliche Begabung und ein kommender Weltstar das Rampenlicht betrat.

Gruppenzwang

Es gibt einen Club, in dem man nur wegen einer Eigenschaft aufgenommen wird: Man muss als Musikerin oder Musiker im Alter von 27 Jahren gestorben sein. Nicht 26, nicht 28, nein: Es muss 27 sein. Vermutlich hat sich niemand der späteren Mitglieder aktiv um die Mitgliedschaft bemüht (und Clubs gegenüber kann man auch Vorbehalte haben, so wie Woody Allen, der in seinem Film *Manhattan* bemerkte, er würde einem Club, der ihn aufnehmen würde, genau aus dem Grunde auf gar keinen Fall beitreten).

Im Fall des Club 27 spricht man meist von den Big Six, nämlich von Brian Jones, Jimi Hendrix, Janis Joplin, Jim Morrison, Kurt Cobain und Amy Winehouse. Doch was hält diesen Club wirklich zusammen? Ist es mehr als das zufällige Sterbealter? Ist es die dahinerliegende Tragik? Brian Jones (Ex-Rolling-Stones) war, so muss man es leider sagen, am Ende, als er im Swimmingpool ertrank (die Umstände seines Todes sind bis heute ungeklärt); Jimi Hendrix verstarb, weil er zu viel Rotwein in der Lunge hatte und sein Abhustreflex wegen Tablettenmissbrauchs nicht funktionierte; Janis Joplin hatte vermutlich schlicht und einfach Pech (man geht heute davon aus, dass sie unwissend zu reines Heroin gespritzt habe); Kurt Cobain beging (als Einziger) Suizid und schoss sich den Kopf weg; Amy Winehouse trank sich zwar zu Tode, befand sich aber (was viele nicht wissen) wieder auf dem aufsteigenden Ast, war gut in Form.

Was macht den Club 27 also so interessant? Meinen wir wirklich allen Ernstes, die Besten würden von den Göttern früh zu sich geholt, weil diese sie bei sich haben wollten (»Only the good die young«)? Dann müsste ein Club 24 doch viel tragischer sein. Mitglieder wären hier der einflussreiche Cliff Burton, Bassist bei Metallica, der die Band an Johann Sebastian Bach heranführte und ohne den Heavy Metal etwas völlig anderes geworden wäre (er starb, weil er im Tourbus die falsche Stelle belegt hatte und als Einziger bei einem schweren Unfall aus dem Bus geschleudert wurde), sowie der Sänger Glenn Goins (Ex-Parliament/Funkadelic), der mit 24 Jahren an Lymphdrüsenkrebs verstarb (von Buddy Holly, der mit 23 Jahren bei einem Flugzeugabsturz einer kleinen Privatmaschine ums Leben kam, ganz zu schweigen).

Liegt es daran, dass wir so gerne Geschichten hören und diese Geschichten den Dingen einen Sinn geben und uns glauben lassen, wir würden die Welt dadurch besser verstehen? So oder so zeigt sich an dieser Stelle die gefährliche und auch manchmal makabre Kraft von Geschichten. Umgekehrt könnten wir den Club 27 aber auch als Testfall nutzen: Wollen wir wirklich mit Leuten zu tun haben, die leuchtende Augen bei diesem Thema bekommen?

Manager und Verträge

Wer einmal danebengreift

Dick Rowe kennen viele als jenen Manager und Talentscout der Firma Decca, der die Beatles mit der Begründung ablehnte, Gitarrenbands seien aus der Mode gekommen. Aber stimmt das so? Inzwischen wird vermutet, dass Decca die Beatles deshalb nicht unter Vertrag nahm, weil am selben Tag Brian Poole & The Tremeloes ebenso vorstellig geworden waren – und aus London kamen. Zudem hätten die Beatles nicht gut gespielt, wie John Lennon später zugab, unter anderem, weil sie nicht ihr gewohntes Equipment verwenden durften. Aber so oder so: Rowe (der eigentlich den Spitznamen ›The Golden Ear‹ trägt) wurde zur Lachnummer – und dabei war er es, der (um nur einige wenige zu nennen) The Rolling Stones, Van Morrison, Tom Jones, Cat Stevens, The Moody Blues, Procol Harum, The Animals und auch Engelbert Humperdinck für Decca unter Vertrag nahm. Doch wer will sich daran schon erinnern?

Wirklich alles auf eine Karte

Der Bassist Chas Chandler sollte im Juli 1966 mit den Animals in New York auftreten. Am Abend vor dem Auftritt hatte ihm jemand »Hey Joe« in der Version des Folkmusikers Tim Rose vorgespielt. Chandler war von dem Stück sofort hin und weg und schwor sich: »Sobald ich wieder in England bin, werde ich einen Künstler finden, der diesen Song aufnimmt.« Und er musste nicht lange warten: Auf

Einladung von Linda Keith ging er ins Café Wha?, um dort zufällig Jimi Hendrix das erste Mal zu sehen – und der spielte eben jenes »Hey Joe«! Ein Augenzeuge berichtete: »Chas war so aufgeregt, dass er mich ständig mit dem Ellbogen in die Seite stieß. Ich dachte, dass er mich zermalmen würde.«

Chandler versuchte sich also als Manager und lotste den buchstäblich halb verhungerten Hendrix von New York nach London, um die dortige (weiße) Gitarrenszene aufzumischen. In England wurde »Hey Joe« das erste Projekt im Studio, die Aufnahmen starteten am Sonntag, dem 23. Oktober 1966. Chandler war fast pleite, die Animals hatten sich getrennt, und er hatte alle seine Bässe aus diesen Zeiten verkauft, um irgendwie die laufenden Rechnungen bezahlen zu können. Er übte deswegen mit Hendrix allein in seiner Wohnung, da er sich zusätzliche Studiozeiten nicht leisten konnte: »Ich hatte nur noch genug Geld, um die Kosten für die Aufnahme von ›Hey Joe‹ in den verhältnismäßig preiswerten De Lane Lea Studios abzudecken. Ich konnte nicht einmal davon träumen, eine B-Seite aufzunehmen, bis ich mehr Kohle zusammenbekommen hätte.« Den beiden anderen Bandmitgliedern der Jimi Hendrix Experience vertraute Chandler so wenig, dass er Noel Reddings Bass-Spur nachts heimlich überspielte. Es musste alles perfekt sein. Der Song musste ein Verkaufserfolg werden – oder alles wäre aus gewesen.

Es folgten Auftritte in den Teenie-Fernsehshows *Top of the Pops* und *Ready Steady Go!*, und am 5. Januar 1967 erreichte der Song Platz 6 in den Charts. Heute gilt »Hey Joe« in der Hendrix-Version natürlich als Klassiker. Aber das Ganze hätte auch ebenso gut schiefgehen können.

Dabeisein ist alles

Der Film *The Blues Brothers* ist Legende – doch ein Musiker fehlt, der eigentlich hätte mit von der Partie sein müssen: der legendäre Gitarrist B. B. King (Eric Clapton meinte von sich, er sei eigentlich nur eine B. B.-King-Kopie).

Das fiel auch B. B. selbst auf, der erbost Regisseur John Landis anrief: Was ihm denn einfiele? Aber Landis konnte sich brillant verteidigen: Zum einen sei B. B. King doch im Film zu sehen (denn in der berühmten Szene vor dem Musikaliengeschäft, in dem Ray Charles residiert, fährt die Kamera über eine Hauswand, auf der u. a. ein Konterfei von B. B. verewigt ist); zum anderen hätte Landis beim Management von King durchaus angefragt, die hätten aber dankend abgelehnt: Der Gitarrist solle lieber seine Tournee über die Dörfer fortführen und durch die amerikanische Provinz tingeln. Damit war B. B. King (zumindest in Bezug auf Landis) einigermaßen besänftigt. Ach, und eigentlich hätte neben John Lee Hooker der Bluesmusiker Muddy Waters einen Gastauftritt haben sollen, lag aber am Drehtag mit Schnupfen im Bett.

Augen auf bei der Berufswahl

Der Gitarrist Ritchie Blackmore, das Rückgrat von Deep Purple, war bekannt dafür, seinen schlafenden Mitmenschen gerne Streiche zu spielen. Als er eines Tages sauer auf seinen Tourmanager war, mixte er ihm etwas in seinen Drink – woraufhin der arme Kerl nackt, ohne Papiere und in einem Mietwagen ohne Schlüssel auf einer Fähre nach Island aufwachte. So erzählt es zumindest Kollege und Bewunderer Lemmy Kilmister, der inständig hofft, dass diese Geschichte auch wirklich wahr sei.

Das Ende vom Lied

Johnny Cash hatte schon lange den Plan gehabt, einen seiner zahlreichen Live-Auftritte in einem Gefängnis aufzeichnen zu lassen (er war 1957 zum ersten Mal hinter Gittern aufgetreten), doch die Platten-Bosse waren zurückhaltend. Das Ganze war ohnehin ein No-Go, denn Gefängnisinsassen wurden von der amerikanischen Gesellschaft gemieden wie Aussätzige: Wer drinnen war, war abgeschnitten; wer herauskam, war gebrandmarkt. Würde Cash dadurch nicht seinen Ruf und den des Labels beschädigen?

Sein Image als Gesetzloser hatte ein Song früh festgelegt: Der »Folsom Prison Blues«, einer der ersten Songs von Cash, den er noch in seiner Armeezeit in Deutschland in Landsberg am Lech verfasste hatte (zuvor hatte er einen grauenvoll schlechten Krimi über das Hochsicherheitsgefängnis Folsom gelesen), schildert aus der Ich-Perspektive die Gedanken eines Gefängnisinsassen – und ist sowohl musikalisch als auch textlich gesehen ein übel zusammengeklauter Song, dem aber dieser Makel nie wirklich etwas anhaben konnte. Für die Zeilen »I shot a Man in Reno / Just to watch him die« wurde Cash ebenso berühmt wie berüchtigt, galt fortan selbst als schwerer Knacki, obwohl er nur ein paar wenige Nächte wegen Lappalien im Knast verbracht hatte.

Alle dachten 1968, Cash gehöre zum alten Eisen, denn er hatte einige Jahre keinen Erfolg gehabt und wollte seine Karriere wiederbeleben – in dieser unnachahmlichen Spannung zwischen Einfühlungsvermögen und toxischer Männlichkeit, tiefer Gläubigkeit und Drogenvernebelung. Erst als Musikproduzent Bob Johnston das Heft übernahm (er hatte erfolgreich die Aufnahmen von Bob Dylans *Highway 61 Revisited* und *Blonde on Blonde* sowie den Megaseller *The Sound of Silence* von Simon & Garfunkel geleitet), kam Schwung in die Sache. Die Plattenfirma gab ihr Go und hoffte, dass alles schon irgendwie gutgehen würde. Ansonsten kümmerte sie sich wenig um die Veranstaltung.

Cash konnte für den Auftritt wunderbare Mitstreiter gewinnen: die Statler Brothers als Backgroundsänger, Carl Perkins als Gitarristen und vor allem aber die zweite Tochter der Country-Music-Familie par excellence, June Carter (kurze Zeit zuvor hatte Cash sich von seiner Frau scheiden lassen und sollte später Carter ehelichen). Aber was für ein Wagnis! Die Gefängnisoffiziellen stellten gleich klar: Sie würden nicht mit Terroristen und Entführern verhandeln. Sollten die Insassen die Bühne stürmen und etwa June Carter als Geisel nehmen, würde kompromisslos vorgegangen werden.

Zwei Shows waren angesetzt, die erste wurde großartig, die zweite lau – und der Zusammenschnitt aus beiden Shows eines der einflussreichsten Livealben überhaupt. *At Folsom Prison* wurde ein Riesenerfolg für Cash. Dabei wurde aber auch gnadenlos gefälscht, z. B. hört man jemanden aus dem Publikum bei den berühmten Zeilen über den nur so zum Spaß erschossenen Mann aus dem »Folsom Prison Blues« juchzen – doch tatsächlich war die Menge der Insassen entsprechend den Anweisungen mucksmäuschenstill geblieben.

Worüber man sich bis heute nicht ganz klar ist, ist, wann

Cash den Song »Greystone Chapel« von dem Insassen Glen Sherley zugespielt bekam: Wochen oder Tage vorher – oder wirklich nur am Vorabend (wie er selbst meinte)? Sherley hatte quasi sein ganzes Leben hinter Gittern verbracht, kam mit dem Leben außerhalb kaum zurecht und schrieb während seiner Haft den besagten Song. Cash probte mit Carter und dem Rest der Combo auf die Schnelle eine kirchenliedartige Fassung des Songs ein und begrüßte Sherley vor versammelter Mannschaft mit den Worten: »This next song was written by a man right here in Folsom prison. And last night was the first time I've ever sung this song. Anyway, this song was written by our friend Glen Sherley. Um, hope we do your song justice Glen, we're going to do our best.«

Cash setzte sich später für Sherley ein, vermittelte ihn in der Countryszene, machte sich für dessen vorzeitige Entlassung stark. Doch Sherley kam mit der Freiheit und dem Erfolg nicht zurecht, wurde drogenabhängig, lebte am Ende in einem Sattelschlepper und brachte sich im Alter von 42 Jahren um. In einem späten Interview gesteht sich Cash ein, dass es vielleicht doch keine so gute Idee gewesen sei, Sherley vor den anderen Häftlingen so herauszustellen.

Was war das Ganze aber nun: ein brillant geplanter Coup, um eine Karriere wiederzubeleben, indem man sich auf das Image des raubeinigen Charismatikers, der sich mit Gefängnisinsassen verbrüdert, konzentrierte (und dabei Verluste in Kauf nimmt)? Oder eine der wenigen mutigen Statements in Sachen Umgang mit Strafgefangenen in den USA und eine der wichtigsten und einflussreichsten Live-Aufnahmen überhaupt? Oder nur ein irrwitziges Kamikaze-Unternehmen, das alle Beteiligten einer unkalkulierbaren Gefahr aussetzte?

Wie auch immer: Glen Sherley muss für kurze Zeit einer der glücklichsten Menschen auf dem Planeten gewesen sein. Und Cashs Karriere startete durch. Die strategisch kluge Entscheidung für den Aufnahmeort ging Hand in Hand mit Cashs Charisma, seinen Entertainer-Qualitäten und seinem dunklen Image.

Lang lebe der König

West Side Story – das ist vielleicht die schönste Verbindung aus Klassik und Musical. Und die Beziehungen zum Rock und Pop sind enger, als man vermuten könnte: Für die Rolle des Tony waren unter anderem (hier in alphabetischer Reihenfolge) angefragt worden: Warren Beatty, Marlon Brando, Horst Buchholz, Richard Chamberlain, Robert Redford, Burt Reynolds – und (außer der Reihe) Elvis als einer der erklärten Favoriten. Doch Elvis' Manager, der berüchtigte Colonel Tom Parker, war der Meinung, Elvis sollte lieber weiterhin mit Teenie-Schnulzen Geld scheffeln. Diese Einstellung verinnerlichte auch der King: Ihm sei von Intellektuellen gesagt worden, er solle sich »als Schauspieler entwickeln, neue Horizonte erschließen«, sich »neuen Herausforderungen stellen«: »Wenn sie mich für einen künstlerischen Film haben wollen, schön, vielleicht schaffe ich das eines Tages, aber nicht jetzt. Ich habe elf Filme gemacht, und sie haben alle Geld eingespielt. Ein bestimmtes Publikum mag mich. Ich unterhalte es mit dem, was ich mache. Ich wäre dumm, einen solchen Erfolg aufs Spiel zu setzen« – und das macht die Geschichte nicht besser.

Der Gitarrenjunge

Hätte Jimi Hendrix am 13. Januar 1965 etwas länger im Club Allegro in New Jersey Gitarre gespielt, wäre vielleicht *alles* anders gekommen – er hätte nicht den berühmten 1-Dollar-Knebelvertrag unterschrieben, der ihn fast in den Wahnsinn trieb, wäre in New York nicht fast verhungert und hätte seinen Durchbruch in London nicht einer Riesenportion Glück verdanken müssen.

An besagtem Tag im Januar schaute Les Paul, großartiger Gitarrist und Innovator des E-Gitarrenbaus und der Aufnahmetechnik, neugierig im obengenannten Club vorbei: Was drang da nur für ein faszinierender Krach auf die Straße? Les Paul war begeistert und wollte bloß noch schnell etwas erledigen, um anschließend den da vor sich hin spielenden, ihm völlig unbekannten Gitarristen unter seine Fittiche zu nehmen. Doch als er nach kurzer Zeit zurückkam, hatte der Barkeeper den jungen Musiker längst wegen zu lauten Spielens rausgeworfen. Les Paul suchte lange, fragte bei Musikergewerkschaften oder in Clubs in New Jersey und Harlem nach – ohne Ergebnis. 1967 sah er dann das Cover der Platte *Are You Experienced* der Jimi Hendrix Experience und lachte: »Da ist er ja, mein Gitarrenjunge!«

Zuneigung, Verehrung, Liebe

Haarpracht

Bob Dylan trug zeitweise eine Art Afro-Look, den erst der erklärte Dylan-Verehrer Jimi Hendrix kopierte (legendär wurden seine Lockenwickler) und dann seinerseits Eric Clapton (ein erklärter Hendrix-Fan).

Unerreichbar

Es gibt einen Musiker, den viele als ihr Vorbild nennen, der aber derartig plötzlich in der Versenkung verschwand, dass er von seinem Nachruhm buchstäblich nichts mitbekam. Cliff Gallup spielte bei Gene Vincent and his Bluecaps in den frühen Tagen des Rock'n'Roll Gitarre – und bewegte sich auf dem Griffbrett derartig frei, intelligent und ideenreich, dass es einem auch heute noch den Atem verschlägt. Doch wo war er so plötzlich verblieben?

Jim Duncombe, selbst ein ordentlicher Gitarrist, bekam Jahre später die private Telefonnummer des Vielbewunderten heraus, rief ihn an und konnte vor Ehrfurcht kaum sprechen. Er erwähnte, dass die meisten Top-Gitarristen ihn als ihren Haupteinfluss und ihr Idol nannten, darunter unter anderem Albert Lee, Jeff Beck, Jimmy Page und Brian Setzer: »Er hatte noch nie von einem von diesen gehört und konnte gar nicht verstehen, was die an ihm so gut fanden. Ich bekam fast den Eindruck, dass er es lieber gesehen hätte, die gesamte Gene-Vincent-Episode zu vergessen.« Gallup war 1956 aus der Band ausgestiegen, weil er nicht auf

Tour gehen, sondern lieber bei seiner jungen Familie bleiben wollte. Das Kapitel war für ihn offensichtlich ein für alle Mal abgeschlossen.

Giganten unter sich

Peter Gabriel (Ex-Genesis) verfolgte seine Solo-Karriere konzentriert und wusste immer genau, was er wollte, wie ein kleines Detail zeigt: Für die Aufnahme seines Songs »Red Rain« verpflichtete er Schlagzeuglegende Stewart Copeland (Ex-Police), und zwar nur für dessen Hi-Hat-Spiel, also seine Handhabung der zwei Becken mit Fußmaschine (einen guten Eindruck von Copelands Fähigkeiten am Hi-Hat bekommt man in »Walking on the Moon« von den erwähnten The Police).

Das ist in etwa so, als würde der Inhaber eines Nobelrestaurants und selbst vorzüglicher Koch einen anderen Fünf-Sterne-Koch nur zu dem Zweck einstellen, die Gerichte zu salzen.

Achtsamkeit

Sting mag keine Interviews, vor allem gibt er ungerne private Details von sich preis. Rick Beato, eine der Internet-Größen, wenn es um die begeisterte und kundige Analyse von Pop-und-Rockmusik geht, war auf seinen Interviewtermin mit der britischen Musiklegende aber wie immer perfekt vorbereitet.

Einer der großen Sätze, die im Interview fallen, ist Stings Reaktion auf Beatos Hinweis, dass es heute keine Bridge mehr in Songs gebe (also jenen Teil, der die harmonischen

Pfade der Strophen-Refrain-Struktur verlässt, um mehr Abwechslung in das Ganze zu bringen, um am Schluss wieder in die gewohnte Struktur zu münden). Sting bedauerte das Aussterben der Form und meinte: »Bridge ist Therapie«, also wie ein Ausflug in bessere Gefilde, in einen geschützten Bereich.

Beato fragte ihn am Ende, an was man sich später im Zusammenhang mit seiner Person erinnern sollte. Er habe kein Lieblingslied, meinte der Befragte: »Alles ist ein Song. Es ist alles eine Erkundung meines Unterbewusstseins und meines musikalischen Wissens.« Ruhm und Legende seien ganz nett, aber nicht so wichtig. Und dann: »Ich bin auch stolz auf meine Kinder und meine Familie. Aber ich bin stolz auf diese Songs.«

Beato bedankte sich für das Interview und schloss mit der Hoffnung, dass sie irgendwann einmal wieder zusammenkommen würden, woraufhin Sting antwortete: »Lass uns das machen. Es war eine Freude, mit Dir zu reden.«

Die eine große Liebe

Tom Petty, der mit seinen Heartbreakers einen Hit nach dem anderen ablieferte (»Into the Great Wide Open«, »Free fallin'«, »I won't back down«) und mit seiner Band die Wiederbelebung von Johnny Cash auf dessen »American Recordings« im wahrsten Sinne des Wortes begleitete, ist ein Superstar.

Sein Gitarrist Mike Campbell liebt seine akustische Stahlsaitengitarre, eine J-45 von 1965, die er als noch völlig Unbekannter nach einem Konzert von einem Jugendlichen geschenkt bekam. Der meinte, er könne sie besser gebrauchen, drückte ihm die Schönheit in die Hand, verschwand schnell wieder in der Menge und ließ den Beschenkten sprachlos zurück. Campbell benutzt seitdem im Studio und auch sonst so gut wie nie eine andere akustische Stahlsaiten-Gitarre und machte sich nach Jahren auf YouTube auf die Suche, den unbekannten Spender zu finden (soweit man weiß, erfolglos).

Kopflos

Gitarristinnen und Gitarristen kommen schnell ins Anekdotenerzählen, und es wird ebenso schnell langweilig bis unerträglich für Uneingeweihte. Aber eine Geschichte ist so unglaublich, dass sie hier erzählt werden muss: Jemand fand nach einem Tornado in seinem Vorgarten den Gitarrenkörper einer goldenen Les Paul mit anscheinend vollständiger Elektronik. Was allerdings fehlte, war der Hals, und damit: keine Fabrikationsnummer auf der Rückseite des Kopfstücks, aus der man darauf hätte schließen können, wann das Teil gebaut worden war und wie wertvoll es sein könnte.

James Jared Nichols (eine der großen Hoffnungen für die Blues-E-Gitarre) bekam Wind von der Sache und nahm sich des Gitarrenkörpers an: Er dachte, das Instrument müsse ziemlich alt sein, also eine 1952er bzw. eine der ersten 100 gebauten Gitarren dieses Modells (in vollständigem Zustand heute kaum bezahlbar). Er brachte die Reste zu einem Gitarrenrestaurator, der meinte, die Schönheit sei nicht alt, sondern sie sei *sehr* alt, nämlich, wie man aus den Lautstärke- und Klangfarbenreglern und der Verschraubung des einen Pickups schließen könne, eine 1951er.

Inzwischen war herausgekommen, wem die Gitarre gehörte, nämlich einer Frau, die sie von ihrem Vater übernommen hatte – und die überließ das Wrack gerne Nichols. Der Restaurator setzte einen aus uraltem Rosewood gefertigten neuen Hals ein, ließ aber alle Wunden und Schrunden am Körper des Instrumentes genau so, wie sie seit der unsanften Landung im Vorgarten waren. Die Schönheit erhielt den Namen ›Dorothy‹ – nach dem Mädchen in *Der Zauberer von Oz*, das ebenfalls von einem Tornado in die Fremde verweht wird.

Nichols bekam es dann doch ein wenig mit der Angst zu tun, als er die wiedererstandene Gitarre zum ersten Mal in einen Verstärker einstöpseln wollte: Würde überhaupt ein Ton herauskommen? Würde die Elektronik, die immer noch im selben Zustand verblieben war, noch funktionieren? Und falls ja: Wie würde sie klingen? Er probierte vorsichtig die verschiedenen Pickup-Einstellungen mit einem einzigen Ton durch – und es war der pure Himmel, ein bezauberndes, großes Instrument, das mit seinem Hals-Holzbein von den Toten wiederauferstanden war.

Auf den ersten Blick

Es gibt den ebenso schönen wie unübersetzbaren Ausdruck »a musician's musician«, womit man jemanden bezeichnet, der von seinen Kolleginnen und Kollegen geschätzt wird – der aber dem großen Publikum nahezu unbekannt geblieben ist (also jemand, den man vor allem dann würdigen kann, wenn man selbst richtig Ahnung hat).

Einer dieser *musician's musicians* ist Gitarrist Roy Buchanan, eine der seltsamsten Figuren im Geschäft. Übergewichtig, mit Rauschebart und Golfmütze spielte er eine Telecaster, ein Modell von Fender, das ihm – wie soll man sagen? – begegnete, als er noch als Friseur tätig war. Er schaute, während er jemandem die Haare schnitt, aus dem Schaufenster des Friseurladens – und war wie vom Donner gerührt, als ein Mann mit einer Gitarre draußen vorbeiging: »Ich wusste, dass die Gitarre mir gehört. Wissen Sie? Ich ging raus, mitten während eines Haarschnitts, und sagte: ›Wo haben Sie die Gitarre her?‹« Buchanan bot dem Mann sogleich an, dass er die schönste Gitarre, die er je gesehen habe, zum Tausch für diese Gitarre besorgen würde. Er verließ seine Arbeit, ging zu einem Freund mit Beziehungen und sagte zu ihm: »Ich will eine rote Telecaster.« Er hatte sie noch vor Sonnenuntergang: »Wir tauschten die Gitarren, Mann. Das war's. Es war, als ob auch er wusste, dass das meine Gitarre war.« (Buchanan wurde später wegen eines Ehestreits verhaftet und soll sich in seiner Zelle mit einem T-Shirt erhängt haben.)

Auf Augenhöhe

Es ist nicht immer leicht, eine Kollegin oder einen Kollegen zu loben, die oder der im selben Feld tätig ist wie man selbst, also am selben Teil vom Kuchen knabbert. Umso unglaublicher ist eine Äußerung des vielleicht größten Pop-und-Rock-Kritikers aller Zeiten, Greil Marcus (allein seine Bücher *Mystery Train*, *Dead Elvis*, *Like a Rolling Stone* und *Bob Dylan at the Crossroads* sind Meilensteine). Marcus nun meinte über den Niederländer Roel Bentz van den Berg, einen vergleichsweise unbekannt gebliebenen Rock- und-Pop-Intellektuellen: »Ich würde zehn Jahre meines Lebens geben, um so frei denken zu können wie Roel Bentz van den Berg, sei es über Musik oder sonst was.« Hier ehrt das Kompliment mindestens ebenso denjenigen, der das Kompliment macht.

The best things in life are free

Rick Rubin, die lebende Producer-Legende, hatte es geschafft, Ex-Beatle und Solokünstler-Legende Paul McCartney ins Studio zu holen, um mit ihm alte Studio-Bänder anzuhören und über Musik, Songfindung, kreative Fehler und Aufnahmetechnik zu sprechen. Anfangs wurde McCartney allerdings nicht richtig warm. Doch seine Sensibilität als Produzent und Mensch demonstrierte Rubin, indem er ein Ass aus dem Ärmel zog und McCartney ein kleines Zitat vorlas: »Paul ist einer der innovativsten Bassisten, der jemals Bass gespielt hat, und die Hälfte von dem Zeug, das heutzutage so abgeht, ist direkt aus seiner Beatles-Periode gerissen. Er ist ein großer, großer Musiker«. McCartney mochte diese Lobhudelei anscheinend nicht sonderlich und konterte ironisch: »Habe ich das geschrieben?« Rubin entgegnete lachend: »Das war John Lennon!« Daraufhin fiel ihm McCartney direkt ins Wort und meinte mit feinem Lächeln: »Das ist John … Das kenne ich nicht, das ist wunderschön.« Und ab diesem Moment wurde das Interview großartig. (Man muss dazu wissen, dass Lennon eigentlich niemals irgendwen lobte; zudem galten McCartney und Lennon zwar als das größte Songschreiber-Duo überhaupt, hatten aber auch ein – wie soll man sagen? – kompliziertes Verhältnis).

Schrecklich

Eric Clapton fand über die Jahre drei Mitstreiter, Seelenverwandte, Blutsbrüder – drei Musiker, die immer sofort wussten oder fühlten, was sie im nächsten Moment spielen würden, aus denen Idee um Idee um Idee nur so heraussprudelte, die gelassen und locker gar nicht anders konnten, als ständig immer neue Ideen zu haben. Und alle drei starben relativ kurz, nachdem Clapton sie kennengelernt hatte: Jimi Hendrix (1942–1970), Duane Allman (1946–1971) und Stevie Ray Vaughan (1954–1990). Alle drei starben jung – und obendrein eines vermeidbaren Todes (Allman durch einen Motoradunfall, Vaughan bei einem völlig überflüssigen Hubschrauberabsturz, und Hendrix hätte eine einfache stabile Seitenlage gerettet).

Rückendeckung

Keith Richards von den Rolling Stones (von Blues-Legende Alexis Korner einst ebenso frech wie zutreffend als der beste Gitarrist, der nicht Gitarre spielen kann, bezeichnet) sagte einmal über seinen ehemaligen Bandkollegen Mick Taylor: Mit ihm auf der Bühne habe er sich immer sicher gefühlt.

Schlechter Umgang

Der spätere Bluesbrother John Belushi, damals noch Star bei der Late-Night-Show Saturday Night Live, und Keith Richards von den Rolling Stones hatten mehrere Tage in einem exzessiven Kokainrausch verbracht. Belushi erschien völlig fertig am Set, brach auf einem Sofa zusammen und wimmerte, er könne auf keinen Fall gleich live im Fernsehen auftreten. Man ließ einen Arzt kommen, der feststellte, dass Belushis Lungen langsam voll Wasser liefen. Der Regisseur fragte den Arzt, wie wahrscheinlich es sei, dass Belushi während der Sendung sterben würde. Der Arzt meinte, die Chancen ständen Fifty-fifty. Belushi bekam das irgendwie mit, kämpfte sich hoch, verzog sein Gesicht zu etwas, das anscheinend einem Lächeln ähneln sollte, spielte (wohl seine schlechteste Leistung in Saturday Night Live) und brach anschließend zusammen. Das Ganze war eine Geschichte in Belushis Sinn: Offensichtlich hatte ihn die Fifty-fifty-Chance gereizt.

Medien und Wirklichkeit

Keine Wahl

Tom Waits machte einem Kollegen ein großes Kompliment: Wenn Johnny Cash im Radio zu hören sei, würde niemand den Sender wechseln.

Wahnsinn

1972 spielte der Radio-DJ Robert W. Morgan geschlagene anderthalb Stunden lang ohne Unterbrechung »Puppy Love« von Donny Osmond, um gegen das Übermaß an Schnulzenmusik zu demonstrieren. Besorgte Hörerinnen und Hörer alarmierten die Polizei, die in den Sender eindrang, um den DJ vor schwerwiegenderen psychischen Schäden zu bewahren, wie seine Fans befürchtet hatten.

Ersatzbank

Das Interview der Sex Pistols von 1976 in einer normalerweise lauen Talkshow ist legendär: Der Interviewer Bill Grundy provozierte die englische Punkrock-Band dazu, das Wort ›Fuck‹ im öffentlich-rechtlichen Fernsehen zu sagen, einer Aufforderung, der die Krawalltruppe nur allzu gerne nachkam – und Punk war in aller Munde. (Eigentlich hätte Queen das Interview bestreiten sollen, hatte aber abgesagt, sodass die Sex Pistols sich frei entfalten konnten.)

Aufgemischt

Manchmal reicht eine zweiminütige Diskussion, um für den größten Fernsehskandal eines Jahrzehnts zu sorgen: Am Donnerstag, den 9. August 1979, geht es in der ORF-Talkshow *Club 2* um die Frage: »Was ist los mit der Jugendkultur?« Mit von der Partie sind der Schriftsteller Humbert Fink, Nina Hagen, ihr damaliger Lebensgefährte, der Gitarrist Ferdinand Karmelk, der Lyriker Christian Ide Hintze, die deutsche Journalistin Ingeborg Schober und zwei Schüler aus Wien. Die Gesprächsleitung hat Dieter Seefranz – und er wird am nächsten Tag seinen Job verlieren. Was ist passiert?

Hagen schäkert mit ihrem Freund auf dem Sofa und regt sich plötzlich über Fink auf, der etwas Abfälliges über Frauen und Sexualität gesagt haben soll. Der kontert: »Mich langweilt seit 25 Jahren das Gejeiere der Damen …« Hagen fährt entrüstet dazwischen: »Das Gejeiere der Damen? Halt's Maul, du Saftsack, depperter! Mensch!« Fink daraufhin: »Mit Vergnügen!« Hagen: »Ich sag' gerade, ich versuche noch einmal, ihm zu sagen, verstehste, wie wichtig das ist mit Frauen und Orgasmus …« Fink: »Für die Frauen, nicht für mich!«. Man beschimpft sich noch ein bisschen, die Situation scheint sich jedoch etwas beruhigt zu haben.

Hagen kann es dann aber doch nicht lassen und gibt Fink noch ein paar Tipps für die Zeit nach seinem Ableben, die er vermutlich in der Hölle verbringen werde. Fink kontert: »Sie werden da auch rumlaufen – *das* wird die Hölle sein …«. Hagen kommt wieder in Fahrt: »Ich? Ich komm doch nicht in die Hölle! Ich *bin* doch schon in der Hölle.«

Schüchtern hakt einer der Schüler ein: »Wieso bist du denn in der Hölle?« Hagen: »Ich versuch' doch gerade, da rauszukommen, indem ich von Woman-Sex erzähle. Indem ich erzähle, dass Frauenorgasmus ja so wichtig ist, dass Frauen sich anfassen müssen ...« Sie erhebt sich auf dem Sofa, reckt ihr Becken in die Kamera, legt den Finger zwischen ihre Beine und erklärt halb deutsch, halb englisch: »Da in front of, da is the point of Woman-Sex! Und wenn Frauen mit den Boys schlafen, dann müssen sie sich hier anfassen ...« Ihr Freund Karmelk bläst kräftig in eine mitgebrachte Trillerpfeife, während Hagen die Erläuterungen mit der Bemerkung beendet: »Und wenn das Leben schon die Hölle ist, wird es die Hölle erst recht sein!« Dann hält sie inne, fixiert Fink, zeigt mit dem Finger auf den Schriftsteller und schickt noch ein eindringliches »Glaub mir!« hinterher. Der Rest der Versammlung schweigt betreten.

Die reale Einschaltquote bei dieser Sendung und zu dieser Uhrzeit dürfte knapp über Null gelegen haben, doch überschlagen sich am nächsten Tag die Reaktionen in den Medien. Die politischen Parteien fordern, dass beim ORF Köpfe rollen müssen: Moderator Seefranz verliert seine Arbeitsstelle, und für zukünftige Sendungen wird strenges Alkoholverbot eingeführt. Die besondere Brisanz der ganzen Geschichte (und der Kipppunkt) liegt aber vermutlich in der Formulierung von Hagen, nämlich »wenn Frauen mit den Boys schlafen« – und eben nicht, wie bis sonst eher üblich, die Männer mit den Mädels.

Familie

Frank Beard ist der Schlagzeuger von ZZ Top, Mitglied von Anfang an, bis heute auf der Bühne und – anders als sein Nachname nahelegt – bartlos (und allein das ist schon eine großartige Geschichte). Für ein Interview saß er gemeinsam mit seinen Kollegen an einem roh behauenen Holztisch und bemerkte: »Mit diesen beiden Jungs, da wollte ich nie kündigen, und ich wollte nie gefeuert werden.« Stille im Raum, bis Gitarrist Billy Gibbons nach einem trockenen Lachen meint: »Ha! Darauf trinke ich«, und die anschließende Stille ist erfüllt von der Fröhlichkeit und Dankbarkeit im Wissen um die anderen. Doch man muss sich das Interview ungeschnitten ansehen – großartig ist die Pause gefüllt mit typisch texanischem Schweigen, die durch das plötzliche »Ha!« jäh unterbrochen wird.

Für den Trailer zum Film *ZZ Top: That Little Ol' Band from Texas* wird das Gespräch später allerdings angehübscht werden: Hinter die Aussage des Schlagzeugers wird unmittelbar brüllendes Gelächter der Band geklebt – und die Geschichte verliert ihren ganzen Charme.

Opfer

Aus der Ich- und damit anscheinend aus der Täter-Perspektive spricht ein Mann über seine Obsession, versteigt sich in Allmachtsfantasien und rastet aus: »Sie werden dich nicht finden, niemand wird dich finden / Du gehörst mir!«. Falcos »Jeanny« provozierte mit dem dazugehörigen Musikvideo einen der größten Skandale in der deutschsprachigen Rock-und-Pop-Musik. Das Video spielt mit Versatzstücken aus der Filmgeschichte: Zu Beginn sieht man ein Schild mit der Aufschrift ›Bates Motel‹, das auf den wahnsinnigen Hotelbetreiber Norman Bates in Alfred Hitchcocks *Psycho* verweist. Falco, in Trenchcoat und Hut, trägt eine junge Frau durch das Abwassersystem (vermutlich von Wien), vom Bildaufbau her eine Verbeugung vor Orson Welles' Klassiker *The Third Man* (dt. *Der dritte Mann*) aus dem Jahr 1950. Auf dem Trenchcoat prangt ein F, anscheinend als Abkürzung für seinen Künstlernamen, doch auch dies wiederum eine Anspielung auf einen Klassiker, nämlich auf Fritz Langs *M. Eine Stadt sucht einen Mörder* (wo mit dem M ein Verdächtiger von einem Zeugen gekennzeichnet wird). Spätere Einstellungen im Video erinnern zudem an Verfilmungen von *Das Phantom der Oper* und *Schneewittchen*. All das ist ungewöhnlich. Doch noch ungewöhnlicher wird es, wenn plötzlich eine Sondermeldung über einen gezeigten Fernseher eingspielt wird, gesprochen vom damals realen und äußerst bekannten Wilhelm Wieben: Es sei ein dramatischer Anstieg der Zahl vermisster Personen zu verzeichnen, darunter auch ein junges Mädchen.

Das Video endet mit Falco in einer Zelle in einer Zwangsjacke, doch die Zelle wirkt irreal, nur ein quadratischer Ausschnitt von vorne gesehen, der sich perspektivisch schlauchartig immer weiter nach hinten zieht. Falco singt seinen Text, während ihn eine Frau ärgert und auslacht – genau jene Frau, die er durch das Abwassersystem getragen hat und die in einer anderen Szene in einer Kneipe gezeigt wird, in der im Fernseher die genannte Sondermeldung vernommen werden konnte. Ist sie also die Vermisste? Doch wie kommt sie in die Kneipe, wenn sie doch längst tot ist? Und was um Himmels willen macht sie am Ende in der Zelle? Das Video endet mit einer Einstellung auf das Gesicht eines Wärters, der in die Zelle schaut, in der sich Falco inzwischen beruhigt hat. »End of Part One« wird eingeblendet (es sollten noch mehrere Jeanny-Teile folgen, unter anderem »Coming Home (Jeanny Pt. 2, Ein Jahr danach)«).

Falco wurde vorgeworfen, er verharmlose und verherrliche das Thema Vergewaltigung. Thomas Gottschalk, damals mit *Wetten dass* einer der erfolgreichsten Talkmaster, war kaum zu halten: »Falcos Fieselton und die Latrinenansichten des Videos sind einfach zu viel verlangt« und Falco ein »Wiener Würstchen«. Wirklich bedenklich sind die Reaktionen des damaligen ZDF-Nachrichtensprechers und international anerkannten Journalisten Dieter Kronzucker, der im *heute journal* vom 14. Januar 1986 gegen Falco, den Song und das Video unter der Überschrift »Jeanny: Sexualmord in der Hitparade?« zu Felde zog: »Sie werden sich fragen, warum uns ein solcher Schlager eine solche Nachricht wert ist« (man muss dazu wissen, dass zwei Töchter von Kronzucker und deren Cousin 1980 in der Toskana entführt worden waren und erst nach zwei Monaten gegen eine Lösegeldzahlung freikamen). Eingespielt wurde daraufhin ein Interview mit Thomas Brennicke, Musikredakteur beim Bayerischen Rundfunk, der erklärte, warum er den Song, der Spitzenreiter in den Charts war, nicht außerhalb der offiziellen Top-Ten-Liste senden würde: »Ich finde nicht, dass man das unbedingt verbreiten muss, noch dazu in einem Medium, das Medium Schlager, meine ich damit, das immer vorgibt, wir wollen unterhalten, wir wollen die Leute fröhlich machen, wir wollen den Feierabend versüßen.«

Tatsache ist aber: Es wird in dem Video keine Gewalt verherrlicht, keine Vergewaltigung gezeigt, und ob eine Entführung stattgefunden hat, ist unklar. Das Ganze erinnert an Hitchcock, dem bei der Freigabe von *Psycho* von der Zensurbehörde vorgeworfen wurde, in der berühmten Duschszene werde eine nackte Frau mit einem Messer getroffen und Blut flösse, während er Bild für Bild nachweisen konnte, dass niemand nackt war und niemand verletzt wurde und sich alles dies nur in den Köpfen der Zensoren abspielte.

Dennoch stürzten sich bei »Jeanny« alle auf das Thema Vergewaltigung. Auf die Verweise auf Filme und das beunruhigende Spiel mit Fiktion und Wirklichkeit etwa durch die Mitwirkung des realen Nachrichtensprechers und damit auf den Kunstcharakter des Videos ging niemand ein. Besonders verblüffend ist in der Rückschau die Zuordnung des Liedes samt Video in den Bereich des Schlagers und die damit verbundene Verantwortung gegenüber dem Publikum.

Klar ist aber, dass Falco schon immer ein Meister der Selbstinszenierung und Manipulation war: Seine Karriere begann mit der geplanten Provokation des Songs »Ganz Wien (ist heut auf Heroin)« – dessen Sendeverbot ihn quasi über Nacht berühmt machte und den Grundstein zu seiner Karriere legte.

Und klar ist, dass man an dieser Geschichte viel über Kunst- und Pressefreiheit, Zensur, Arroganz, Ausnutzung von Macht, Selbstgerechtigkeit und Selbstinszenierung in den 1980er Jahren lernen kann.

Propaganda in Reinkultur konnte man schon 1969 im Zusammenhang mit Woodstock beobachten. Der Abschluss des Love-and-Peace-Festivals fand am frühen Montagmorgen statt. Von den mindestens 300 000 Zuschauerinnen und Zuschauern waren nur noch knapp 25 000 (andere behaupten: nur noch 15 000) da. Und auch von denen befanden sich die meisten auf dem Rückzug. Es war also nur ein Bruchteil des Festivalpublikums anwesend, als Jimi Hendrix am Montagmorgen seine Version des »Star-spangled Banner«, der amerikanischen Nationalhymne, zum Besten gab – und damit hätte sich das Ganze sicher schnell im Sande verlaufen, wäre da nicht der höchst erfolgreiche Film über Woodstock gewesen, der 1970 in die Kinos kam. Wie der Regisseur Michael Wadleigh meinte: »Wir ließen den Film mit Jimi Hendrix' Musik enden, die nicht leicht anzuhören ist. Die Schlussfolgerung sollte sein, dass in Amerika eine Menge schiefläuft.« Anscheinend sollte das Publikum Hendrix' Auftritt als die neue Hymne im Sonnenaufgang eines jungen Morgens für eine neue Generation usw. verstehen (seine Mitmusiker wurden für den Film-Soundtrack gnadenlos aus der Tonspur herausgepegelt). Hendrix' Interpretation der amerikanischen Nationalhymne wurde später fast ausnahmslos als Stellungnahme gegen den Vietnam-Krieg gedeutet, als Demontage von Amerika und Abrechnung mit der kriegstreibenden Politik. Doch war das Ganze wirklich so originell, so auf den Moment zugeschnitten und einmalig? Insgesamt spielte Hendrix die Hymne ungefähr 40-mal live (und zwar sowohl vor als auch nach Woodstock). Und auch seine Geräuschkollage aus detonierenden Bomben und Maschinengewehrfeuer, die er seiner Gitarre entlockt hatte, war nicht neu (als Solokünstler hatte er immer schon solche Soundkaskaden entfesselt). Aber man brauchte einen neuen Helden am Morgen des heraufkommenden Tages, eine Ikone für das Zeitalter des Wassermanns – unabhängig von der Realität.

In der *Dick-Cavett-Show* einige Tage nach Woodstock meinte der Gastgeber, wenn er, Hendrix, die Nationalhymne auf so ungewöhnliche Art mit kreischend übersteuernden Verstärkern und jaulenden Feedbacks spiele, müsse er sich nicht wundern, Hassbriefe von eingefleischten Nationalisten zu bekommen. Hendrix zeigte sich bass erstaunt: »Das ist nicht ungewöhnlich! Das ist nicht ungewöhnlich … nein. Ich fand es wunderschön!«. Später bemerkte er in einem Interview im September 1970: »Ich vermute, dass sie auch andere Songs hätten zeigen können, möglicherweise. Sie endeten dann bei einer kleinen Einstellung. Ich wünschte, sie hätten mehr von der musikalischen Seite des Ganzen eingefangen.«

Langer Atem

Kennen Sie Samurai-Filme wie *Sanjuro* oder *Yoyimbo*, in denen Toshiro Mifune als Samurai blitzschnell und gnadenlos Entscheidungen fällt, um seine Pläne direkt, ohne Umwege und ohne Rücksicht auf sein eigenes Wohl umzusetzen? Es gibt so jemanden auch in der Geschichte der Pop-und-Rockmusik: Tony Hollingsworth, der Medienmanager mit einem großen Plan (und viele der im Folgenden erzählten Details beruhen auf seinen eigenen Aussagen, sind also mit Vorsicht zu genießen). Sein Plan bestand aus drei Schritten, und den wollte er mit allen Mitteln umsetzen:

1. Die Medien sollten Nelson Mandela, der im Südafrika der Rassentrennung im Gefängnis saß, nicht mehr als schwarzen Terroristen-Führer bezeichnen.
2. Ein Riesenevent sollte positive Stimmung für Mandela erzeugen.
3. Mandela sollte aus dem Gefängnis freikommen und die Apartheid (das rassistische System, mit dem Südafrika die schwarze Urbevölkerung unterdrückte) beendet werden.

Hollingsworth organisierte also das Nelson-Mandela-70th-Birthday-Tribute-Konzert in der Londoner Wembley Arena: Am Ende beteiligten sich 67 Länder (afrikanische Staaten durften umsonst teilnehmen und wurden deshalb offiziell nicht mitgezählt), um das am 11. Juni 1988 stattfindende und 11 Stunden andauernde Konzert in ihren Fernsehstationen zu übertragen. Nur Südafrika hielt sich zurück; und die USA sendeten gekürzt (Medienmogul Rupert Murdoch ließ vermutlich kürzen, um Sponsor Coca Cola, der sechs Werbespots pro Stunde gekauft hatte, nicht zu verstimmen): So wurde etwa Little Stevens Beitrag herausgeschnitten, was dieser erst nach seiner Rückkehr in die USA erfuhr; für ihn eine ›Orwellsche Erfahrung‹ à la ›Big Brother is watching you‹.

Geschätzte 600 Millionen Menschen schauten zu. 20 Monate später war Nelson Mandela frei, nachdem er 27 Jahre im Gefängnis gesessen hatte. 1991 begannen der African National Congress (ANC) und die südafrikanische Regierung damit, Verhandlungen über das künftige politische System zu führen. 1993 war die Apartheid Geschichte.

So weit, so gut. Aber warum ist das hier so erwähnenswert? Man muss sich klarmachen, wie unglaublich schwer und arbeitsaufwändig es ist, solch ein Mega-Event auf die Beine zu stellen: Die Großen sagen nur dann zu, wenn andere Große bereits zugesagt haben, aber man muss bei Null anfangen (erste Trumpfkarte von Hollingsworth waren die Simple Minds). Also gilt es, zu lügen, zu betrügen, zu schmeicheln, einen gegen den anderen auszuspielen, immer am Ball zu bleiben und vor allem: die Nerven zu behalten – in diesem Fall gegenüber Interessengruppen wie dem ANC, gegenüber der BBC, deren politische Abteilung sehr wohl wusste, dass die damalige Premierministerin Margaret Thatcher als Befürworterin der Apartheid und als enge Verbündete von Südafrika nicht amüsiert sein würde, aber auch gegen Bombendrohungen oder Pläne, in London die Energieversorgung lahmzulegen, um das Konzert zu verhindern usw. Das Ganze verkaufte Hollingsworth ebenso dreist wie selbstbewusst als unpolitisches Geburtstagsständchen, als völlig harmloses Entertainment. Er verstand das Ganze nicht als Konzertevent à la Woodstock, sondern als – Weltpolitik. Ein paar Beispiele für seinen Arbeitsstil:

Alter Mann

Harry Belafonte (»The Banana Boat Song«) wollte um jeden Preis singen – aber Hollingsworth ließ ihn am langen Arm verhungern: Er wolle nicht alte Songs von alten Stars, die auf junge Zuschauer abtörnend wirken könnten. Belafonte war tief verletzt – und hielt die kleine Eröffnungsansprache.

Prince und Bono (U2) hätten zusammen ein Duett singen sollen, doch sagten beide nach längerer Bedenkzeit ab. Die freigebliebenen 25 Minuten (Hollingsworth wollte Act an Act reihen, damit in den Fernsehstationen keine Kommentatoren die Sache nach ihrem Gutdünken umdeuten könnten) mussten gefüllt werden. Zwölf Monate lang telefonierte er Stevie Wonder hinterher, konnte aber nicht bis zu ihm durchdringen. Dann, am Mittwoch vor dem Event, rief der Weltstar ihn plötzlich an, sagte zu und erschien pünktlich zum Konzert – aber die Hard Disc seines Synclaviers (einer Art Synthesizer) war verschwunden, alle Vorbereitung umsonst: Wonder, am Boden zerstört, ging von der Bühne, untröstlich.

Was tun? Elliot Roberts, Manager der damals noch unbekannten Tracey Chapman, hatte seinen Schützling einfach mal so mitgebracht. Hollingsworth sprach den Kollegen an – und der wusste, »dass er ein Göttergeschenk erhalten hatte«, so Hollingsworth. Chapman spielte an zwei Stellen im Programm als Lückenfüllerin u. a. »Fast Car« und »Talkin' 'bout a Revolution« (und das als relativ unerfahrene Künstlerin – unglaublich, allein die Spannung zu halten im Stadion vor über 70 000 Menschen) – und wurde auf einen Schlag weltberühmt.

Doch Hollingsworth gab nicht auf und versuchte, Wonder zu überreden, sich doch noch irgendwo in das Programm dazwischenquetschen zu lassen. Er sprach mit jedem Musiker aus dessen Band. Doch Wonder lehnte ab. Dann, noch drei Minuten Zeit, bis Whitney Houston ihr Set beendet haben würde, sagte Hollingsworth zu Wonder: »Wenn du jetzt nicht rausgehst, werden wir direkt zu den Dire Straits übergehen, und du wirst keine Möglichkeit mehr haben, zu spielen.« Und Wonder gab nach.

Hollingsworth riss die Reaktion des Publikums von den Füßen (Wonder war als Überraschungsgast gesetzt, niemand im Publikum ahnte, dass er im Stadion war): »Es kam kein Sound von der Hauptbühne, und dann, aus dem Dunkel, kam [Wonders Mega-Hit] ›I Just Called to Say I Love You‹. Und dann war da dieser riesige Schrei des Publikums, das Aufregendste, was ich je gehört habe, ein großer Schrei des Glücks.« Stevie Wonder sang stehend am Mikrophon (völlig ungewöhnlich für ihn als Blinden und Keyboard-Spieler) und wies während der Stücke, wenn nötig, seine Band ein.

Ersatzbank

Natürlich hatte es auch Probleme mit den auf Stevie Wonder folgenden Dire Straits gegeben: Hollingsworth hatte im Vorfeld alle Teilnehmenden mit Nachdruck verpflichtet, ausführlich zu proben. Rhythmusgitarrist Jack Sonni war aber gerade Vater von Zwillingen geworden, weswegen Ersatz gefunden werden musste – mit Eric Clapton. Der spielte und sang als vorletzten Song des Dire-Straits-Sets in die inzwischen dunkle Nacht hinein sein »Wonderful Tonight« (vielleicht eine der langsamsten Versionen seines Welthits überhaupt). Clapton war offensichtlich tief bewegt.

Unterwäsche

Sein Meisterstück lieferte Hollingsworth mit Ex-Police-Bassist Sting ab, der damals Ende der 1980er Jahre am Beginn seiner kometenhaft durchstartenden Solokarriere stand. Hollingsworth kam aber zunächst nicht an dessen Manager vorbei (klar, Manager sind dafür da, Projekte ins Rollen zu bringen, vor allem sind sie aber dafür verantwortlich, dass so gut wie niemand an ihre Schützlinge herankommt): Sting hätte am Vortag in Berlin und am Folgetag irgendwo anders in Europa zu spielen. Keine Chance? Nicht mit Hollingsworth: Wenige Wochen vor dem Konzert flog er in die Schweiz, buchte sich in demselben Hotel ein wie Sting und rief von seinem Zimmer die Rezeption an, man möge ihn bitte zu Gordon Sumner (so Stings bürgerlicher Name) durchstellen. Sting nahm das Gespräch an, nannte seine Zimmernummer und empfing den Bittsteller in Hemd und Unterhose. Hollingsworth erläuterte seinen Plan und bot Sting an, mit einem Privatflugzeug hin- und hergeflogen zu werden und auf exakt demselben Equipment spielen zu können wie gewohnt. Sting sagte nach anfänglichen Zweifeln (Würde es in Südafrika ein Blutbad geben, wenn Mandela tatsächlich aus der Haft entlassen würde?) zu und faltete im Anschluss seinen Manager zusammen, der daraufhin seinerseits Hollingsworth anrief, nachdem dieser nach London zurückgekehrt war. Jetzt zeigte sich der Manager aber sichtlich verärgert, dass Sting aus Gründen des Zeitmanagements das Programm dieses Mega-Events wie eine bedeutungslose Vorband eröffnen sollte. Hollingsworth log ihm dreist ins Gesicht: »Das ist TV. Da funktioniert alles anders herum. Das größte Publikum schaltet am Anfang ein, um zu sehen, was so abgeht.«

Ein Schelm, wer Böses dabei denkt

Wie subtil und präzise Hollingsworth vorging, zeigt die Songliste der Stars, deren Brisanz niemandem (auch nicht der BBC) aufgefallen war: Sting sang »If You Love Somebody Set Them Free«, die Eurythmics »Sweet Dreams Are Made of This«, Joe Cocker »Unchain My Heart«, Paul Young »Don't Dream It's Over« und Jackson Browne »When the Stone Begins to Turn« – natürlich, alles völlig unpolitische Titel, alles nur Geburtstagsständchen! George Michael, der weiße Superstar, hatte Hollingsworth sogar gefragt, wer ein schwarzer Held sei, und sich dann für den Song »Sexual Healing« von Marvin Gaye und für »Village Ghetto Land« von Stevie Wonder entschieden, »a great cultural-political move«, so Hollingsworth.

Am wütendsten präsentierte sich Little Steven, als er sein »(I Ain't Gonna Play) Sun City« zu Gehör brachte, indem er über ein Spielerparadies à la Las Vegas sang (eine der wichtigsten Fremdenverkehrseinnahmequellen des damaligen Südafrika) – eine künstliche Stadt, in der er niemals auftreten würde: »We the people will no longer tolerate the terrorism of the government of South Africa«. Das war ein kluger Schachzug von Hollingsworth: Er habe so weit gehen wollen, »wie wir gehen konnten mit der politischen Botschaft, während ich mich an die Versprechen gegenüber den Fernsehsendern hielt, unpolitisch zu bleiben.« Das Hauptanliegen des Events bestand darin, eine politische Botschaft rüberzubringen. Little Steven war nicht zufällig in der Show. Ich wusste, wie er tickt«. Auf »Sun City« folgte Jerry Dammers' »Free Nelson Mandela« und im Anschluss Whitney Houston u. a. mit »Love Will Save the Day«.

Karlsson auf dem Dach

Früh zeichnete sich ab, dass man nicht pünktlich fertig werden würde, und Hollingsworth befürchtete, dass die angeschlossenen Fernsehstationen vor dem Ende der Veranstaltung aussteigen würden (als finalen Höhepunkt hatte er die schwarze Ausnahme-Opernsängerin Jessye Norman verpflichtet, den alten Sklavensong »Amazing Grace« zu singen – ein absurder Plan für den Abschluss eines Rock-und-Pop-Großereignisses, aber dann doch wieder irgendwie stimmig). Also kletterte Hollingsworth auf das Dach des Stadions, wo er die Anweisungen gab, das geplante Abschluss-Feuerwerk sofort, noch während Dire Straits spielte, zu zünden, um auf diese Weise Zeit zu sparen. Von dort oben hörte er, wie Knopfler an das Mikrophon trat und sagte: »It's the best party I've ever been to« und nach einer kleinen Pause hinzufügte: »One humanity, one justice.«

Der Samurai

11 Stunden Fernsehen nonstop und live – das war Weltrekord! Und der dreiteilige Plan ging tatsächlich auf. Hollingsworth zeigte sich als kompromissloser Kämpfer. Man

sollte sich vorher immer sehr genau erkundigen, ob der Mann nicht auf der gegnerischen Seite steht, denn gegen einen solchen hätte man nicht den Hauch einer Chance – oder, um es mit Neil Youngs Worten über den Eroberer Hernán Cortés (1485–1547) zu sagen, der mit wenigen Leuten quasi einen ganzen Kontinent unterwarf: »what a killer«.

Das Ende vom Lied

Nicht nur für Rick Beato war 1998 eines der wichtigsten Jahre in der Pop-Geschichte: Cher benutzte bei ihrem Song »Believe« zum ersten Mal ausführlich Autotune-Effekte (denn diese extremen Jodler und Einsprengsel konnte nur die Maschine für sie machen), und nichts war mehr wie vorher: der erste Schritt in Richtung KI-Musik.

Ohrfeigen

Ein Freund des offenen Worts

Leadsänger Michael Stipe von R. E. M. zeigte sich extrem angefressen, als der spätere mindestens zweimalige Präsident der Vereinigten Staaten von Amerika, Donald Trump, den Song »It's the End of the World as We Know It (and I Feel Fine)« 2015 auf Wahlkampfveranstaltungen abspielen ließ. Stipe wandte sich mit deutlichen Worten an die Trump-Kampagne: »Go fuck yourselves, the lot of you – you sad, attention-grabbing, power-hungry little men. Do not use our music or my voice for your moronic charade of a campaign!« (›Verpisst euch, ihr ganzen jämmerlichen, nach Aufmerksamkeit grabschenden, machthungrigen kleinen Männer. Verwendet unsere Musik oder meine Stimme nicht für eure idiotische Farce von einer Kampagne!‹)

Feindliche Übernahme

Es ist erstaunlich, wie sich die Bewertung von bestimmten Musikstücken oder Filmen im Laufe der Zeit ändern kann – oder auch: ändern muss. *Back to the Future* (dt. *Zurück in die Zukunft*) war 1985 *der* Knaller, ein Kassenmagnet ohnegleichen. Kurzweilig, witzig, mit Szenen, an die man sich bis heute erinnert: Marty McFly aktiviert aus Versehen die Zeitmaschine des mit ihm befreundeten Wissenschaftlers Doc Brown und reist in die Vergangenheit. Dort bringt Marty unbeabsichtigt den Ablauf der Ereignisse durcheinander, die einst zur Verbindung seiner Eltern führten – und damit letztlich zu seiner eigenen Existenz. So verletzt sich zum Beispiel durch seine Schuld der Gitarrist der Schulband, und ohne Schulband kein Tanzabend, ohne Tanzabend kein Kuss seiner Eltern – und ohne Kuss kein Marty McFly. Der springt also ein und gibt den durchweg schwarzen Musikerkollegen ein paar für sie eigentlich unverständliche Anweisungen: »Das ist jetzt ein Oldie, aber ... Nun ja, da, wo ich herkomme [nämlich aus der Zukunft], ist es ein Oldie!«, und: »Alles klar, Jungs, das ist ein Blues-Riff in H. Achtet auf mich wegen der Wechsel und versucht, am Ball zu bleiben!« Marty steigt daraufhin mit dem Ur-Riff überhaupt ein, mit den Anfangstakten von »Johnny B. Goode« (der Song schaffte es im Original von Chuck Berry auf die Raumsonde Voyager 2, jene Sonde, die inzwischen lange unser Sonnensystem verlassen hat und als Botschaft die wichtigsten Werke der Menschheit mit sich trägt). Immer weiter steigert er sich in sein Spiel, bis er am Ende eine Tour de Force durch die Geschichte der E-Gitarren-Techniken unternimmt. Das Publikum, das anfangs begeistert mittanzte (und aus dem Stand, woher auch immer, komplizierteste Rock'n'Roll-Hebe-Figuren erfand), schaut ihn nach einer Zeit sprachlos an – und Marty räumt am Ende ein (während der Schuldirektor zögernd die Hände von den Ohren nimmt): »Ich schätze, ihr seid noch nicht so weit. Aber eure Kinder werden es lieben!« Ein Brüller!

Oder doch nicht? Während des Songs sprintet der an der Hand verletzte schwarze Gitarrist ans Telefon, ruft seinen Cousin an und brüllt: »Chuck! Chuck! Hier spricht Marvin, dein Cousin. Marvin Berry. Du weißt doch: Der neue Sound, den du suchst! Na, dann hör dir das mal an!«, und hält den Telefonhörer in Richtung Bühne. Was soll uns das sagen? Der Rock'n'Roll sei eine Erfindung der Weißen und Chuck Berry als der vielleicht größte Frühvollendete nur ein Dieb? Ein exemplarischer Fall von sogenannter kultureller Übernahme?

Und das Ganze wird noch übler, wenn man sich die eigentliche Geschichte dieses Songs genauer anschaut: Wegen seiner hellen Stimme galt der schwarze Musiker Berry vielen Radio-Leuten als Weißer – weswegen seine Songs gesendet wurden. In diesem Sinne hatte Berry auch die Textzeile »There lived a coloured boy [ein farbiger Junge] named Johnny B. Goode« in vorauseilendem Gehorsam abgeändert in »There lived a country boy [ein Junge vom Lande] …«.

By the way: Die ikonische Gitarre, die Marty verwendet, eine tiefrote ES-345, das spätere Markenzeichen von Chuck Berry, wurde erst 1959 auf den Markt gebracht. Im Jahr 1955, als Marty mit ihr den Tanzabend rockt, gab es sie also noch gar nicht.

Anschlussverwendung ausgeschlossen

Der panamaische Diktator Manuel Noriega war 1989 gestürzt worden und hatte sich in die Botschaft des Vatikans geflüchtet. Die amerikanischen Soldaten bauten um das Gebäude herum Lautsprechertürme auf, um den Flüchtigen mit Pop- und Rockmusik der Achtzigerjahre zu zermürben und zur Aufgabe zu zwingen (überlaute Rockmusik besonders über Kopfhörer dient bis heute in Hochsicherheitsgefängnissen wie Guantánamo als beliebtes Foltermittel). Brian Johnson (Leadsänger von AC/DC, über den ein Kritiker einmal treffend bemerkte, er klinge wie das Kreischen eines Papageis, den man an den Schwanzfedern halte und wiederholt gegen eine Mauer schlage) merkte an, man würde nun wohl nie mehr vor dem Papst auftreten dürfen.

Unvergleichlich

Laut meint im Hardrock wirklich laut: Der Vater der Young-Brüder stöhnte nach einem Konzert seiner Söhne Angus und Malcolm von AC/DC mit Bezug auf seine Erfahrungen im Zweiten Weltkrieg: »Ich war in Monte Casino, als die Amerikaner das Ding plattmachten, und ich war in El-Alamein, als wir Rommel mit unserem Trommelfeuer zurückschlugen, aber etwas so Lautes wie das hier habe ich noch nie gehört.«

Der Wind dreht sich schneller, als man meinen könnte

»Wind of Change«, die hinreißende Ballade von den Scorpions, erblickte 1991 das Licht der Welt nach einer Tournee durch die damalige UdSSR, bei der die Band den Eindruck bekommen hatte, nun sei es endgültig vorbei mit dem Kalten Krieg zwischen Ost und West: Am 13. August 1989 hatten sie vor 300 000 Leuten auf dem Moscow Peace Festival gespielt. Wirklich berühmt wurde der Song aber erst, nachdem einige Hardliner der alten Garde in Russland versucht hatten, durch einen Putsch Michail Gorbatschows Reformprogramm rückgängig zu machen, ein Versuch, der aber erfolgreich unterbunden wurde.

1991 war die Ballade der meistgespielte Song in den Radios – weltweit (und wurde rückwirkend zur Hymne des

Mauerfalls 1989 umgedeutet). Der Frühling hielt nur kurz an: Die Russen marschierten 1991 in Litauen ein. Zu jener Zeit lebte in Hannover der vielleicht beste Text-Dichter des deutschsprachigen Rock, Heinz Rudolf Kunze (»Bestandsaufnahme«, »Dein ist mein ganzes Herz«) Gartenzaun an Gartenzaun mit Klaus Meine, dem Sänger der Scorpions. Kunze beugte sich über den Gartenzaun und rief herüber: »Na, Wind of Change, was?«

Seit 2022 singen die Scorpions den Song live mit verändertem Text: »Now listen to my heart / It says Ukrainia / Waiting for the wind / To change – A dark and lonely night / Our dreams will never die / Waiting for the wind / To change.«

Mancher wäre stolz

Bob Dylan ist George Thorogood (»Bad to the Bone«) ein Begriff. Er charakterisierte den Sänger und Gitarristen ebenso kurz wie prägnant mit den Worten: »He is the worst« (»Er ist der Schlechteste.«) Mancher wäre stolz, von Dylan überhaupt wahrgenommen zu werden.

Wer mit dem Teufel aus derselben Schale isst, braucht einen langen Löffel

Kurz nach der Wende war Rio Reiser 1990 in die PDS (die Nachfolgepartei der SED und Vorgängerin von Die Linke) eingetreten – in der Hoffnung auf eine sozialistische Gesellschaft. Die PDS wollte Rios Hit »König von Deutschland« beim anstehenden Wahlkampf verwenden. Rio akzeptierte und bekam dafür, so heißt es zumindest, 100 000

Deutsche Mark. Auf einer Feier rief der damalige Parteichef Gregor Gysi einige Genossen zusammen, um mit ihnen in ein nobles Restaurant umzuziehen. Rio, der dachte, er wäre mit von der Partie, wurde von Gysi mit den Worten zurückgewiesen: »Du bist doch besoffen.«

Rios Manager George Glück hatte ihn schon früh gewarnt: »Wenn du in die PDS eintrittst, musst du von Gysi mindestens acht Millionen verlangen, damit du die nächsten Jahre über die Runden kommen kannst, denn: Die spielen deine Songs dann nicht mehr im Radio.« Und so kam es: Das Radio und der Musiksender VIVA boykottierten Rios Songs (schon Shakespeare hatte in seiner *Comedy of Errors* im vierten Akt, dritte Szene, gewarnt: »He must have a long spoon that must eat with the Devil.«)

Mindestlohn

Der frühe Elvis ist ohne Scotty Moore nicht denkbar: Dessen Gitarrenspiel bildet das Rückgrat jener Songs, ohne ihn wären die frühen Hits wie »That's Allright«, »Heartbreak Hotel«, »Teddy Bear« oder »Hound Dog« nicht denkbar: Moore ist *das* Urgestein des Rock'n'Roll. Elvis war extrem großzügig zu Freunden, verschenkte Cadillacs an Wildfremde. Doch Moore verstand er anscheinend immer als Studiomusiker, den man mieten konnte – oder auch nicht.

Zum Bruch kam es, als Moore ein Ausfallhonorar für seinen Einsatz in Las Vegas ins Spiel bringen wollte, da er seine Nashville-Karriere so lange an den Nagel hängen musste. Der sinistre Colonel Parker schmiss ihn kurzerhand (ohne ein Wort der Erklärung, zu keinem Zeitpunkt) raus und engagierte an seiner Stelle den (zugegeben) großartigen Cliff Burton, angeblich für 5000 Dollar die Woche.

Moore hatte von 1958 bis 1968 30 578,72 Dollar mit Elvis verdient und über Gagen von Filmgesellschaften und Plattenfirmen im Zusammenhang mit dem King nochmals 29 415 Dollar eingenommen. Diese 60 000 Dollar dürfte Burton innerhalb von zwölf Wochen hereingeholt haben. Zwölf Wochen gegenüber elf Jahren. Und Moore kam zeitlebens nicht damit durch, sich Rechte an den Songs und Einspielungen zu sichern.

Entgleisungen

Der Film *This is Spinal Tap* von 1984, in der eine fiktive Heavy-Metal-Band auf ihrer Tournee begleitet wird, ist schrecklich, grausam, kaum zu ertragen, zeigt er doch in Reinkultur, wie größenwahnsinnig eine Band werden kann. David Howell Evans, ›The Edge‹ von U2, meinte, als er den Film zum ersten Mal gesehen habe, habe er nicht gelacht, sondern geweint, denn so sei das Business leider wirklich. Inzwischen schaue er aus pädagogischen Gründen das Machwerk immer wieder einmal an, um vielleicht doch nicht so wie die Protagonisten im Film zu werden.

In *Spinal Tap* wird unter anderem Lautstärken-Geilheit im Rock als eigener Wert diskutiert: Gitarrist Nigel Tufnel (gespielt von Christopher Guest) erläutert einem Interviewer seinen Trick, ohne irgendeine Veränderung der Elektronik des Verstärkers bzw. bereits durch eine andere Beschriftung noch lauter als die anderen zu spielen (Regler an Marshall-Verstärkern gehen normalerweise bis 10). Er habe einfach eine 11 über die 10 gemalt. Das Ganze wird gekrönt von der Reaktion des Gitarristen auf den eigentlich realistischen Vorschlag des Interviewers, einfach die Elektronik zu verändern: »Warum macht ihr dann nicht 10 lauter, macht das zur höchsten Nummer und macht *das* dann lauter?« Und Tufnel antwortet nach einer sehr langen Pause mit unsicherer Stimme: »Diese gehen bis 11.«

Am langen Arm

Trio (»DaDaDa Ich lieb Dich nicht Du liebst mich nicht«) war die vielleicht sparsamste Band der Welt, so reduziert und einfach, dass es schon wieder groß war. In einem Live-Konzert im Jahr 1981, lange vor ihrem Durchbruch, bewiesen sie einmal mehr ihre geistige Freiheit. Sänger Stephan Remmler wandte sich an das Publikum: »Der Sänger, man kann es drehen und wenden, wie man will, macht bei diesen ellenlangen Gitarrensoli keine gute Figur. Und wir haben das Problem erkannt und haben aus der Not eine Tugend gemacht. Karl Erwin [der Schlagzeuger Peter Behrens] und ich gehen unserer Lieblingsbeschäftigung nach: Wir spielen. Und Karl August [der Gitarrist Kralle Krawinkel] freut sich, dass wir nicht auf der Bühne sind und er, ungestört durch uns, sein Spiel filigran durchziehen kann. Viel Glück für alle Beteiligten!« Sprachs', stieg von der Bühne und baute gemeinsam mit dem Schlagzeuger eine kleine Tischtennisplatte mitten im Publikum auf, um die Zeit zu nutzen, in der Kralle unterstützt durch einen kleinen Drum-Computer das berühmte »Purple Haze« von Jimi Hendrix gab.

Das Vorleben (Sänger und Gitarrist waren vor ihrer Musikkarriere verbeamtete Lehrer gewesen; der Schlagzeuger hatte eine Schule für Clowns besucht), aber auch das Nachleben der Band wäre jeweils eine eigene Geschichte wert: Während Peter Behrens es versäumt hatte, sich die Rechte an den Songs der Band mit eintragen zu lassen, und sich am Ende unter anderem als Kartenabreißer im Zirkus Roncalli über Wasser halten musste, bekam Kralle Krawinkel 1998 einen Eintrag in das Guinnessbuch der Rekorde: Er war mit dem Pferd von Sevilla nach Hamburg gereist.

Alles umsonst

Nina Hagen hatte vor ihrem Wechsel in den Westen Karriere als Schlagersängerin in der DDR gemacht. Angepasst und pflegeleicht war sie auch damals schon nicht: Mit ihrer Band Automobil gab sie den bitterbösen Song »Du hast den Farbfilm vergessen«. In ihrer Autobiographie beschreibt sie das Projekt so: »Es ist Schlager durch Zerstörung von Schlager«, er atme »im Hintergrund das giftige Grau von Bitterfeld und die Tristesse von Leipzig«, spiegele »die Trostlosigkeit der Arbeitswelten zwischen Akkordschraube und Herumlungern an kaputten Maschinen« und spiele »im Milieu einer irren Sehnsucht danach, dieser Schwarzweißwelt zu entfliehen, hin zu Orten voll Farbe und Licht«. Doch sei das Urlaubsparadies mit seinem kleinen »erotischen Glück« (»Ich im Bikini und ich am FKK / Ich frech im Mini, Landschaft ist auch da, ja«) immer eingeholt worden von den alltäglichen Erfahrungen in einem Staat, »der knattrige, stinkende Plastikautos, beknackte Badeanzüge und Jahr für Jahr zu wenig Farbfilme« hervorbrachte.

Auch die Songstruktur ist heftig: Die nette Wirtshaus-Blasmusik wird konterkariert von Hagens wüst-brutalem Gesang und dazwischen gestreuten Improvisationen, die ihre unglaubliche Stimme, die der Stolz einer jeden Opern-Diva wäre, glänzen lässt. Und dann endet das Ganze buchstäblich im Nichts, oder besser gesagt, auf neuer Stufe: Da Schlager normalerweise nicht sonderlich komplizierte Harmoniestrukturen haben, greift man oft zum Mittel der Rückung bzw. setzt alles einfach einen Ton höher, kommt in eine neue Tonart und damit in eine neue Welt – und schon kann man noch die eine oder andere Strophe anhängen, ohne dass es zu langweilig werden würde. Solch eine Rückung gibt es auch in »Du hast den Farbfilm vergessen«, doch endet der Song völlig unerwartet direkt im Anschluss daran – eigentlich eine schallende Ohrfeige (wie bei der Deutschen Bahn: Erst die frohe Botschaft »Es geht weiter!«, dann das ernüchternde »Leider ein Irrtum. Bitte steigen Sie alle aus!«). Doch alle waren begeistert, darunter nicht nur Hagen-Fans, sondern vor allem damalige, aber auch spätere Offizielle wie etwa die ewige Bundeskanzlerin Angela Merkel, die sich 2021 für ihre Verabschiedung beim Großen Zapfenstreich in einem Anfall von Ostalgie den Song gewünscht hatte. Nina Hagen ließ sich einen Kommentar nicht nehmen: »Das ist ein Song mit Text von Kurt Demmler, und dass jedoch der Kurt Demmler ein DDR-›Staatsdichter‹ mit Sonderprivilegien war und später ein wegen systematischem Kindesmissbrauch verurteilter Sexualstraftäter, der im Gefängnis Selbstmord beging, wird ihr [der ehemaligen Bundeskanzlerin] hoffentlich bekannt sein.«

Politik, Rassismus, Öffentlichkeit

Alle Menschen sind gleich erschaffen

B. B. King befand sich im Bus und in Uniform auf dem Weg in ein Ausbildungslager (zum Glück sollte er niemals eingesetzt werden, da der Zweite Weltkrieg sich bereits seinem Ende zuneigte), als an einer Ampel einer der schwarzen uniformierten Kollegen einer weißen jungen Frau ein »Hallo!« zuruft. Kurze Zeit später kreuzte ein Privatauto den Weg des Busses und zwingt diesen, zu halten. Ein Mann springt aus dem Auto, dringt in den Bus ein und fragt jeden, während er ihm seine Schrotflinte an den Kopf hält, ob er das gewesen sei, der seine Tochter belästigt habe. Alle schweigen (auch die weißen Offiziere), und irgendwann beruhigt sich der Mann wieder und steigt aus dem Bus. Um zu verstehen, was Rassismus eigentlich bedeutet, müsste man sich die Szene unter umgedrehten Vorzeichen vorstellen: Ein Schwarzer stoppt mit einem Privatauto einen Bus mit weißen Uniformierten, die sich auf den Weg ins Ausbildungslager befinden, weil einer der Weißen es gewagt habe, seine Tochter usw. Im Fall der Szene, die B. B. King beobachtet hatte, passierte – nichts.

Paradiesvogel

Sly Stone, Gründer von Sly & the Family Stone und eines der Urgesteine der Funk-Bewegung, arbeitete zu Beginn seiner Karriere im Lokalsender KSOL und legte zum Entsetzen der Schwarzen Community auch Beatles oder Dylan, also Musik von Weißen, auf – und begegnete den per Telefon eingehenden Lynchmorddrohungen mit Eloquenz und rotzfrechem Witz.

1971 trug er allein mit dem Text von »There's a Riot Goin' On« den Hippie-Traum von Friede-Freude-Eierkuchen und Liebe-ist-alles-was-du-brauchst zu Grabe. Der deutsche Schriftsteller Wolf Reiser hat das so treffend wie unnachahmlich zusammengefasst: Die Musik sei »die eines von Amerika kommenden, nur dahin schlingernden Sklavenschiffs, das unter dem besoffenen Kommando des an den Hauptmast gefesselten Sly irgendwie zurück Richtung Afrika driftete. Auf Deck, direkt vor sich, verweste die Freiheitsstatue und mit ihr die letzte Hoffnung auf Gleichheit und Erlösung.«

Gewusst wie

Man wundert sich, wie politisch Tätige manchmal darauf kommen, bestimmte Popsongs für sich im Wahlkampf nutzen zu wollen, so zum Beispiel im Jahre 2005, als man im Wahlkampf der CDU für ihre damalige Kanzlerkandidatin Angela Merkel den Song »Angie« von den Rolling Stones (sehr zum Ärger der Band) bei den Auftritten der Kandidatin lautstark abspielte und lautstark in den Song einstimmte (man nannte sich damals ›TeAM‹). Keiner scheint sich den Text aber näher angeschaut zu haben, denn dort heißt es: »With no loving in our souls / And no money in our coats / You can't say we're satisfied« (›Ohne Liebe in unseren Seelen / Und ohne Geld in unseren Taschen / Kannst du nicht sagen, dass wir zufrieden sind‹). Immerhin versöhnlich klingt die Zeile: »But, Angie, I still love you, baby.«

Freiheit ist immer die Freiheit der Andersdenkenden

Einer der beeindruckendsten und nach wie vor ergreifenden Texte gelang Marius Müller-Westernhagen 1987 mit »Freiheit«, ein Song, den viele als direkte Reaktion auf den Mauerfall 1989 verstehen wollen – aber weit gefehlt. Zumal der Rock-Sänger, der bei einem Paris-Besuch zu dem Song inspiriert wurde, dann hellseherische Fähigkeiten gehabt haben müsste: »Ich hatte beim Schreiben nicht den Fall der Mauer oder die Wiedervereinigung im Kopf. ›Freiheit‹ zeigt, dass künstlerische Produkte ein Eigenleben annehmen können. Wenn es in diesem Fall dazu gedient hat, dass der Song Menschen Kraft und Hoffnung gegeben hat, ist das ein glücklicher Umstand, der mich natürlich sehr freut.« Zumal der Song mit seinen hinreißenden Und-Reihungen gerade die Abwesenheit von Freiheit behandelt: »Die Verträge sind gemacht / Und es wurde viel gelacht / Und was Süßes zum Dessert« oder: »Die Kapelle rumtata / Und der Papst war auch schon da / Und mein Nachbar vorneweg« – nur Freiheit sei »die Einzige, die fehlt«.

Müller-Westernhagens großer Song mit großem Text wurde in der Folgezeit wiederbelebt, etwa von Wissenschaftsleugnern und Impfgegnern während der Corona-Pandemie, die für sich in Anspruch nahmen, als Einzige die Freiheit aller vor Bevormundung schützen zu wollen. Am 4. Februar 2022 veröffentlichte der Sänger als Kommentar ein Foto auf Instagram: Er mit Mundschutz beim Impfen, mit der Bildunterschrift »Freiheit«.

Falsche Intuition

Der schwarze Ausnahme-Musiker Vernon Reid, Gründungsmitglied der Band Living Colour, die sich besonders gegen Rassismus engagierte, sollte sich bei einer Gelegenheit ein Hotelzimmer mit einem weißen Musiker teilen, der ihn nicht kannte. Als Reid das Zimmer betrat, meinte der Kollege, ob das Zimmer nicht später saubergemacht werden könnte. Auch die nachträglichen Entschuldigungen des tief beschämten Weißen konnten später nicht mehr viel ändern.

Fassungslos

Nun kann man Anchorwomen und -men (also Nachrichtensprecherinnen und -sprechern) nicht nachsagen, dass sie zarte Gemüter hätten, bei dem Gebräu aus Üblem, was sie dem Publikum täglich servieren (und man fragt sich manchmal, worin der Sinn solcher Sendungen eigentlich bestehen soll). Einmal war es jedoch anders: Johnny Cash war gestorben. Mark Romanek hatte einen Kunstfilm mit dem vom Tode gezeichneten Cash gedreht, in dem dieser Musik und Text von »Hurt« zelebrierte, ein bitteres Stück von Trent Reznor (Nine Inch Nails): »I hurt myself today / to see if I still feel«. Cash wollte den Song zuerst nicht covern, doch sein Manager Rick Rubin überredete ihn. Das Video wurde später mit Preisen zugeschüttet.

Nun, am 12. September 2003, 21:00 Uhr im *heute journal,* informiert Marietta Slomka über Cashs Tod. Im Anschluss wird das Video von Romanek komplett und ungekürzt gespielt, volle 3 Minuten und 48 Sekunden (direkt im

Anschluss sollte Romaneks Website für Wochen zusammenbrechen; wir befinden uns noch in der Zeit vor YouTube). Als die Kamera nach dem Einspieler wieder Slomka zeigt, sieht man die Moderatorin fassungslos, offensichtlich tief berührt (später sollte sie diesen Moment als einen der wichtigsten und intensivsten ihrer Karriere bezeichnen). Sie sagt nichts mehr über Cash, schluckt und verlässt am Ende wortlos das Studio.

Song-Geschichten

Geliebter Feind

Tina Turners Comeback Anfang der 1980er Jahre verdankt sich unter anderem dem Song »Private Dancer«, einem Gänsehaut-Stück, besonders wenn ihre Stimme plötzlich eine Oktave in die Höhe springt, was einem die Seele aus dem Leib reißt. Aber das Stück komponierte und textete Mark Knopfler (Dire Straits) – und wenn man sich den Song vor diesem Hintergrund noch einmal genauer anhört, leuchtet das auch sofort ein. Das Stück sollte eigentlich auf der Dire Straits LP »Love over Gold« unterkommen, doch handelt es sich um einen Song aus der Perspektive einer Frau, und der Song stand auch noch in derselben Tonart wie das titelgebende Stück der LP. Knopfler gab den Song also gerne weiter.

Turner war zu Beginn alles andere als begeistert, musste überredet werden. Und im Studio meinte jemand zu ihr: »Warum hast du ›Privat Dancer‹ gemacht? Das ist ein Lied über eine Prostituierte. Hast du das gemacht, weil du selbst mal eine warst?«. Sie war geschockt. »Ich habe sie gar nicht als Nutte verstanden. Ich kann ziemlich naiv sein bei solchen Sachen. Aber die Antwort lautet: Nein. Ich wählte es aus, weil es ein ungewöhnlicher Song war. Ich hatte noch nie einen Song wie diesen gesungen.« Am Ende spielte ein Teil der Dire Straits den Song mit ein. Das Gitarrensolo übernahm Jeff Beck, ein Solo, über das Knopfler später meinte, es sei »das zweithässlichste Gitarrensolo aller Zeiten« – aber egal.

Keine Gewinner

Eine der zeitlosen Meisterwerke der Popgruppe ABBA ist ihr »The Winner Takes It All«, das viele auf die Doppeltrennung der beiden Paare (Agnetha Fältskog und Björn Ulvaeus sowie Anni-Frid Lyngstad und Benny Andersson) beziehen, als handele es sich um ein Scheidungslied über Gewinner und Verlier. Björn, der den Text angetrunken in einem Rutsch verfasst hatte, wehrte sich immer gegen diese vorschnelle Gleichsetzung und bemerkte, weder er noch Agnetha seien Gewinner bei ihrer Scheidung gewesen.

Dankbarkeit

Chris Barron, Sänger und Frontman der Gruppe Spin Doctors, hat überhaupt gar keine Probleme damit, dass er und seine Band vor allem für einen Song bekannt wurden, nämlich für »Two Princes«, ein Lied über einen jungen Mann, der der Angebeteten empfiehlt, sich doch bitte endlich für einen der beiden Bewerber und am besten für ihn als den einen der beiden Prinzen zu entscheiden. Er habe das Lied bestimmt eine Trillion Mal gespielt und werde das auch bestimmt gerne weiter tun, denn seitdem es den Song gebe (der sich verdächtig nahe an Lynyrd Skynyrds »Sweet Home Alabama« entlanghangelt, aber so hinreißend tanzbar ist), habe er nicht mehr jeden dreckigen Job annehmen müssen, um sich über Wasser zu halten.

France Gall war vor allem in Deutschland als klassisches Schlagerpüppchen berühmt geworden (ab 1966 hatte sie vor allem auf Deutsch Songs aufgenommen, etwa »Ein bisschen Goethe, ein bisschen Bonaparte«, was ihr viele Franzosen nicht so ganz verziehen hatten). Nach mehr als 15 Jahren Sendepause feierte sie mit »Ella, elle l'a« einen Überraschungserfolg (und ein hinreißendes Spiel mit Vokalen, nur unbeholfen übersetzbar als »Ella hat es«) mit einem eigentlich nichtssagenden Liedchen, das aber von der großen Ella Fitzgerald handelt, einer der wichtigsten Jazz-Sängerinnen überhaupt: Diese habe das gewisse Etwas, das den anderen fehle und das uns in solch einen seltsamen Zustand versetzen könnte, dieses kleine bisschen mehr an Seele, diesen nicht beschreibbaren Charme, dieses kleine Feuer (»Ella, elle l'a / ce je-n'sais-quoi / que d'autres n'ont pas / qui nous met dans un drôle d'état [...]. Elle a ce tout petit supplément d'âme, / cet indéfinissable charme, / cette petite flamme«).

Wer die Musik von Fitzgerald kennt und liebt, weiß, wie technisch hoch anspruchsvoll und quecksilbrig wendig ihr Stil war, manchmal vielleicht auch etwas zu kompliziert, aber besonders im Zusammenspiel mit den Allergrößten wie Duke Ellington, Louis Armstrong, Joe Pass oder Oscar Peterson unerreicht. Marylin Monroe setzte sich als großer Fan mit Nachdruck für sie über alle Rassenschranken hinweg ein. Mit diesem Wissen reibt man sich verwundert die Augen: Der Song soll von Ella Fitzgerald handeln, ihr ein Denkmal setzen, sich gegen Rassismus wenden? Von allem Genannten findet sich keine Spur in dem perfekten, sanft dahingleitenden, eleganten Popsong.

Nah am Wasser

Am 6. und 7. Dezember 1967 nahm man beim amerikanischen Label Stax Records »Sittin' on the Dock of the Bay« von Otis Redding auf, einen der entspanntesten und gelassensten Songs überhaupt. Am 8. Dezember schaute Redding nochmal kurz im Studio vorbei: Er wäre dann mal weg für ein paar Gigs, in Nashville, Cleveland und Madison. Am 10. Dezember stürzte er als einer der Passagiere eines Kleinstflugzeuges vier Meilen vor Madison in den Monona-See. Stax hatte sein Herz verloren. Wie der Trompeter Wayne Jackson feststellt: Plötzlich wurde Bassbariton Isaac Hayes (»Soulman«, »Theme from Shaft«) »der große Star und geriet ans große Geld, ans Popgeld. Und dann hingen die Gangster mit ihren Knarren rum, und alles war kein Spaß mehr.«

Wachablösung

Wir sind im Jahr 2011: Elizabeth Woolridge Grant studiert Philosophie und führt etwas halbherzig ein Künstlerleben, dümpelt ein bisschen vor sich hin und lädt irgendwann ein von ihr selbst geschnittenes Musikvideo auf YouTube hoch. Es zeigt zwei Pärchen auf alten Motorrädern, eine aufblühende Rose, ein Paar, die Frau betrunken, beide umringt von fotografierenden Papparazzi, die amerikanische Fahne, Skateboard fahrende Jugendliche, alte 6-mm-Filme. Alles wirkt etwas Do-it-yourself-artig, mit dem Charme des Amateurhaften, süßlich, ein bisschen depressiv. Auch der Text ist übersichtlich: Er kommt nach Hause, sie trinken Dosenbier und spielen Videospiele, schaukeln ein bisschen im Garten. Das war's.

Was die junge Künstlerin zu diesem Zeitpunkt noch nicht weiß: Ihr altes Leben wird nun ein für alle Mal vorbei sein. Sie wird als Lana Del Rey zum Weltstar werden, zum Sprachrohr einer ganzen Generation: »Melodisch und thematisch ist das eine perfekte Repräsentation von mir«, wird sie später im Interview über ihren Song »Video Games« sagen: das Ganze hinreißende Hollywood Sadcore in Reinkultur.

2024: Billie Eilish und Lana Del Rey singen beim Coachella Festival gemeinsam »Ocean Eyes« (Eilishs Durchbruchsong) und »Video Games«. Del Rey wendet sich zu Eilish und gleichzeitig an ihrer beider (meist weibliches) Live-Publikum: »Das ist die Stimme unserer Generation, die Stimme eurer Generation, und ich bin so verdammt dankbar, dass sie hier neben mir steht und meinen Lieblingssong von ihr mit mir singt.« Und Eilish antwortet: »Das ist der Grund für die Existenz für die Hälfte von euch Bitches, einschließlich meiner eigenen!«

Klarer Fall

Quasi die Definition des Kuschelrock lieferte Gary Moores »Still Got the Blues«, mit dem der nordirische Musiker sehr viel Geld verdient hatte – bis eine deutsche Band (deren Namen wir uns hier zu nennen sparen, um die Erinnerung nicht weiter am Leben zu erhalten – denn manche Erinnerung ist ihrer nicht wert) ihn allen Ernstes verklagte, er habe den Song geklaut: Vor einem deutschen Gericht ging es um die Frage, ob Moore das Lied der Band überhaupt hatte hören können, da der entsprechende Song »Nordrach« 1974 weder auf Platte noch auf Kassette veröffentlicht worden war. Moore hätte den Song nur live auf einem Konzert oder bei einer einmaligen Sendung im Radio zur Kenntnis nehmen können. Der schwor, das sei nicht der Fall gewesen. Vor der Urteilsverkündigung zeigte sich Moore der Presse gegenüber dementsprechend selbstsicher: »Meiner Meinung nach versuchen diese Leute, die selbst keinen Erfolg im Geschäft haben, jetzt mit ihrer wenig glaubwürdigen Geschichte möglichst viel Geld herauszuschlagen. Ich kann nur sagen, der Vorwurf ist lächerlich.« Doch das Gericht entschied, dass er empfindliche Strafzahlungen an die Band, deren Name hier wie gesagt nicht genannt werden wird, leisten musste.

Niedergemacht

Die Rechteinhaber von Johnny Cash konnten es gerade noch verhindern, dass 2004, ein Jahr nach seinem Tod, sein Song »Ring of Fire« (ein Liebeslied aus dem Jahre 1963, das seine spätere Frau June Carter mit Merle Kilgore letztlich über ihre geheime Liebe zu Cash komponiert hatte) bei der Werbung für eine Hämorrhoidensalbe eingesetzt wurde.

Farbenspiel

Cindy Laupers zerbrechliches Liebeslied »True Colors« (»But I see your true colours shining through / I see your true colours / And that's why I love you«) wurde jedoch zum Werbesong für ein deutsches Farbwaschmittel.

Der 23-jährige Amadou Diallo wurde 1999 von Polizisten erschossen, als er nach seinem Portemonnaie griff: Der Rückstoß des ersten Schusses hatte einen der Polizisten von den Füßen geholt, und seine drei Kollegen feuerten daraufhin auf den Unbewaffneten, anscheinend in dem Glauben, ihr Kollege sei angegriffen und auch getroffen worden. Es waren 41 Schuss (also mehrere Magazine je Polizist). Als man den Toten hochhob, sollen einige Kugeln auf die Straße geklackert sein.

Bruce Springsteen schrieb einen Song über dieses Geschehen aus drei Perspektiven. Die erste Strophe nimmt die Perspektive der Polizisten ein: »Obwohl der Song kritisch war, war er nicht anti-Polizei, wie einige denken. [...] Ich hatte hart an einer ausbalancierten Stimme gearbeitet. Ich wusste, eine Anklage würde nichts Gutes bewirken. Ich wollte nur den Leuten helfen, den Standpunkt der anderen zu sehen« – als ob ein Officer im Dienst auf irgendeiner beliebigen Straße sich fragt, was ihm da gegenüber vor sich geht: »Is it a gun? Is it a knife? Is it a wallet? That is your life.« Die zweite Strophe lässt eine Mutter sprechen, die ihren Sohn warnt, sich in der Öffentlichkeit nicht auffällig zu verhalten. Der Schluss des Liedes versucht, das Publikum direkt anzusprechen: »Is it a gun? Is it a knife? Is it in your heart? Is it in your eyes?«

Die Reaktionen verblüfften selbst Springsteen: Der damalige Bürgermeister von New York City, Rudy Giuliani (der sich später im Zusammenhang mit seiner Verteidigung Donald Trumps als Rechtsanwalt erneut bis auf die Knochen blamieren sollte), verlangte von Springsteen, den Song nicht in der Öffentlichkeit zu spielen. Der New Yorker City Police Commissioner forderte die Bevölkerung seiner Stadt dazu auf, die zehn anstehenden Live-Konzerte Springsteens zu boykottieren. Polizisten weigerten sich, bei den Konzerten für die Sicherheit der E-Street-Band und Springsteens zu sorgen (es soll eine eigene Hassseite der New Yorker Polizei gegen Springsteen gegeben haben). Doch ›The Boss‹ ließ sich davon nicht beeindrucken und spielte seinen Song an allen zehn Abenden im ausverkauften Madison Square Garden.

Oft wenn unangemessene Polizeigewalt öffentlich wird, ploppt der Song wieder auf, etwa bei der Ermordung von George Floyd im Juni 2020. Und Springsteen weiß warum: »Der Song ist fast acht Minuten lang. Das ist so lange, wie George Floyd brauchte, um mit einem Knie eines Minneapolis Police Officers in seinem Nacken zu sterben. Das ist eine lange Zeit. Das ist so lange, wie er um Hilfe bettelte und sagte, er könne nicht atmen.«

Das Grauen

Laurie Anderson gruseliges Stück »O Superman« (mit dem durchgehenden »ha ha ha« als metronomischem Schlagzeugersatz und den durch einen Synthesizer verfremdeten Stimmen) entstand, nachdem die Künstlerin eine Rudolf-Steiner-Schule in der Schweiz besucht hatte: Im Unterricht hätten Kinder üben sollen, bestimmte Vokale mit bestimmten Gefühlen in Verbindung zu bringen. Für Anderson war das ein Ausdruck des Grauens und von Machtmissbrauch, wie der Text sagt: »Cause when love is gone / There's always justice / And when justice is gone / There's always force / And when force is gone / There's always Mom, hi Mom«.

Unbeeindruckbar

Miley Cyrus steht für sich selbst ein, ist beinhart, macht ausschließlich das, was sie für richtig hält (so schaffte sie es, sich als Kinderstar Hannah Montana gegen den Giganten Disney durchzusetzen) und hat eine großartige Stimme, die selbst übersichtliche Sommerhits adelt, wie 2023 ihr betörend einfach gestrickter Hit »Flowers« (bis zu dem Zeitpunkt wurde kein Song auf Spotify innerhalb einer Woche öfter gestreamt).

Achtsamkeit

Von Tracey Chapmans »Fast Car« war bereits die Rede (sowie von ihrem Mut, beim Nelson-Mandela-Konzert als nahezu Unbekannte zwischen all den sagenumwobenen Giganten des Business einzuspringen, sodass ihr danach die Rock-und-Pop-Welt zu Füßen lag – doch sie griff nicht zu, gab nicht LP nach LP heraus, machte keine Welttournee, tingelte nicht durch die Talkshows). In ihrem Song geht es um eine junge Frau, die der Armut entkommen will, die irgendwohin will, um in einer Vorstadt ein Haus zu haben und nicht mehr im Supermarkt an der Kasse Tüten einpacken zu müssen (»You got a fast car / I want a ticket to anywhere«, denn: »Any place is better / Starting from zero got nothing to lose / Maybe we'll make something«). 2023 wurde der Song von Country-Star Luke Combs gecovert, also in einem Genre, das (abgesehen von Ausnahmen) nicht gerade als antirassistisch, kritisch oder revolutionär gilt.

1988 hatte Chapman drei Grammys für »Fast Car« bekommen (Best Artist, Best Pop Vocal Performance Female,

Best Contemporary Folk Recording). Luke Combs lieferte keine originelle Coverversion ab, die den Song quasi neu erfunden hätte, sondern spielte eher bieder nach – und erhielt damit 2023 trotzdem einen Platz in der Billboard Hot 100 und eine Nominierung in der Kategorie Best Solo-Country-Performance. Combs aber hatte sich, und das muss man fairerweise zugeben, von Anfang an korrekt verhalten, hatte auf der Platte ausschließlich Chapman als Komponistin genannt, sie an den mehreren Hunderttausend Dollar des eingespielten Gewinns beteiligt und bei der Preisübergabe auf der Bühne bescheiden abwechselnd mit Chapman gesungen (die seit 2009 nur drei Mal öffentlich aufgetreten war und für die Grammy-Verleihung eine Ausnahme machte) – immerhin.

Während der Song live vor den versammelten Celebritys gespielt wurde, stand Taylor Swift in ihrem hinreißenden weißen Abendkleid auf, sang auswendig tanzend mit und gab dem Song allein durch diese Geste seine alte revolutionäre Wut und Spannung und Würde zurück.

Achtungserfolg

Avril Lavigne ist Weltrekordhalterin: Mit 18 Jahren hatte sie die britischen Albumcharts gestürmt, ihr 2002 erschienenes erstes Album *Let Go* erhielt 17-mal Platin, die erste Single-Auskoppelung »Complicated« ist eine erfrischende lockere Sache (und beginnt entsprechend mit der Aufforderung »Chill out«). 2003 coverte sie und sang live (mit ihrer gut eingespielten Band) auf der MTV Icon Metallicas Ultrakracher »Fuel«, duellierte sich also mit einer der profiliertesten, härtesten und erfolgreichsten Stimmen im Genre – eine, wie soll man sagen, verwegene, mutige Idee. Vor allem, da Metallica auch noch vollzählig im Publikum saß. Und was machten die Weltstars? Sie bewegten ihre Füße und Hände, als würden sie selbst die Instrumente bedienen. Befremden, aber auch ein wenig Anerkennung, was die junge Frau sich da so zutraute. Das ließ sich auch aus Liedsänger James Hetfields abschließender Bemerkung im Interview heraushören: »Das war ein interessanter Tag in meinem Leben, meinen Songtext von einer Frau gesungen zu hören, nicht schlecht«, sagte er lachend.

Familienschwierigkeiten

Metallica ehrte Miley Cyrus, indem sie die Ausnahmesängerin in der Howard Stern Show im September 2021 (während der Corona-Pandemie) einen der wichtigsten und verletzlichsten (und für eine Harte-Jungs-Band unerwartetsten) Songs der 1990er Jahre singen ließen: »Nothing Else Matters«. Sie tat es mit umwerfender gesanglicher Performance – allein die mehrstimmigen Teile, die sie mit Leadsänger James Hetfield hinlegte, sorgen verlässlich für Gänsehaut. Doch hinter ihr stand ein Kirk Hammett, offensichtlich mit unerwarteten Schwierigkeiten, der durch das berühmte Gitarrenintro (an dem sich nun wirklich fast jeder Anfänger einmal versucht haben dürfte) hindurchstolperte, als habe er das Ganze noch nie im Leben gespielt – und das auch noch auf einer der berühmtesten E-Gitarren der Geschichte, die Hammett zum Entsetzen vieler Bluesgitarre-Fans für nicht einmal zwei Millionen Dollar erstanden hatte (die sogenannte »Greeny«, eine Les Paul aus dem Jahr 1959, die der Bluesrocker Peter Green einst mit Gary

Moore gegen ein wertloses Instrument getauscht hatte, um den damals aufstrebenden Jungstar fördernd unter die Arme zu greifen). Man muss sich das im Video anschauen, wie sich während der anfänglichen Herumstümperei Sänger Hetfield und Schlagzeuger Lars Ulrich – später schwerblütig wie immer leicht hinter dem Takt herhinkend – einen kurzen Blick zuwerfen unter dem Motto: »Na super, ganz toll, dann werden wohl mal wieder wir beide das Ding nach Hause schaukeln müssen, damit das Ganze hier nicht zu peinlich wird«, und wie Ulrich den Takt dirigierend alle einsammelt.

Falsches Alibi

2010 rief Slash seine Lieblingssängerinnen und -sänger zusammen, um ein paar Stücke aufzunehmen – und heraus kam das bis heute taufrische Album *Slash*. Mit dabei waren Größen wie Ozzy Osbourne, Fergie, Dave Grohl und Iggy Pop; nur Jack White hatte die Einladung, einen gesanglichen Beitrag zu leisten, als Einziger abgelehnt, weil er lieber Gitarre spielen wollte. Besonders überzeugend gelang der Kracher »Dr. Alibi« mit Lemmy Kilmister: Der besang einen Arztbesuch und seine Weigerung, dem Rat des Mediziners zu folgen, der ihm einige sehr schlechte Angewohnheiten attestierte: »Doctor, there's nothin' wrong with me / Doctor, doctor, can't you see? / Doctor, I ain't gonna die / Just write me an alibi«.

Tatsächlich hatte Kilmister damals schon schwere Diabetes. Sein Arzt verbot ihm scharfe Getränke, und der Musiker war der Meinung, mit Wein der Sache beizukommen. Er starb nur fünf Jahre nach den Aufnahmen an einem

Cocktail aus Krebs, Herzversagen und Herzrhythmusstörungen. Doch auch über den Tod hinaus wusste er genau, was er wollte: So wurde ein Teil seiner Asche in Wacken (dem Ort des berühmten Heavy-Metal-Festivals) in einer Vitrine untergebracht. Zudem bekamen einige Freunde Proben in Patronenhülsen zugesendet (James Hetfield von Metallica gab bekannt, einen Teil der Asche dafür verwendet zu haben, Farbe für ein neues Tattoo anzurühren).

Geschenk

Train war eine Mittelklasse-Band, die fleißig tourte und geduldig auf den Durchbruch wartete. Der ließ sich Zeit, kam dann aber buchstäblich über Nacht:

Pat Monahan, der Sänger der Gruppe, wurde von seiner an Krebs verstorbenen Mutter im Traum besucht, um ihm zu erzählen, wie es ihr nun so ginge. Er wachte mit den Worten »back in the athmosphere« im Kopf auf: »Das war genau ihre Art, zu sagen, wie es so war – sie schwamm durch die Planeten und kam zu mir mit Tropfen von Jupiter in ihrem Haar.«

Als Monahan seinem Produzenten den Song am Klavier andeutete, soll der aus dem Stand einen Grammy-Gewinn und ein geregeltes Einkommen bis ans Lebensende vorausgesagt haben – und so kam es.

Natürlich war es hilfreich, dass der legendäre Paul Buckmaster dem Song eines der hinreißendsten Streicher-Arrangements seiner Karriere unterlegte und dass Chuck Leavell, der unter anderem bei den Rolling Stones aushilft und einer der profiliertesten Rock-und-Pop-Pianisten überhaupt ist, mit ins Boot geholt werden konnte. »Drops of Jupiter« ist jedoch so gut, dass er auch solo gesungen zusammen mit nur einem Instrument funktioniert (wie Monahan mit Bandgitarrist Jimmy Stafford an der akustischen sechssaitigen Gitarre in einer Billboard-Live-Studio-Session bewies).

Doch Kernstück ist der Text mit seinen ebenso berührenden wie schrägen Bildern: Die Mutter checkt Mozart aus, während sie Tai Bo macht – der Himmel sei ja so oder so überbewertet. Und es geht um so wichtige Dinge wie der beste Soja-Latte aller Zeiten und tiefgefrorenes Hühnchen. Doch macht die Mutter ihrem Sohn vor allem klar: »that there's time for change« und »room to grow« – also ›Zeit für Veränderung‹ und ›Raum zum Wachsen‹. Einer der tröstlichsten Songs über den Verlust eines geliebten Menschen und ob und wie man weitermachen soll oder kann.

Lebendig begraben

Janis Joplin starb während der Aufnahmen an dem Album-Klassiker *Pearl*. Für nur einen einzigen Song hätte sie noch den Gesang beisteuern sollen, kam aber nicht mehr dazu. Jener Song trägt den Titel: »Buried alive in the Blues«.

Mann-als-Frau-und-was?

Eines der eindrücklichsten Stücke von Tom Waits, dem großen Geschichtenerzähler, ist sein »A Christmas Card from a Hooker in Minneapolis«: Anscheinend ziellos klimpert er auf einem verstimmten Klavier herum und erzählt in der Ich-Form, quasi als Rollenlyrik, von einer Prostituierten, die einem gewissen Charly schreibt: Alles sei mega, ihr neuer Freund spiele Posaune, arbeite auf dem Bau und würde das Kind großziehen, obwohl er nicht einmal dessen Vater sei. Doch im Verlauf des Songs bekommt die Fassade Risse, bis sich am Ende zeigt, dass sie eigentlich nur Charly anpumpen will, um den Anwalt bezahlen zu können, der sie auf Kaution aus dem Gefängnis holen soll – aber das Geld würde sie auch ganz bestimmt am nächsten Valentinstag zurückzahlen. Gleich die erste Zeile reißt einen aus der Komfortzone, wenn Waits mit Reibeisenstimme in das Mikrofon bellt: »Hey, Charley, I'm pregnant« (live trug Waits das Lied häufig im Verbund mit dem Weihnachtsklassiker »Silent Night« und »Going Out of My Head« von Little Anthony and the Imperials vor, die im Text erwähnt werden).

Eine Coverversion setzt da noch einen drauf: Interzone (eine Band, die in der Blütezeit der Neuen Deutschen Welle in Berlin deutschsprachigen R'n'B spielte – und allein das ist schon eine gute Geschichte) hatte ein Faible für düstere Alltagsgeschichten. Ihr »Kinderlied« machte Ärger: »Da ist ein Loch in Papas Arm, / da fließt die Kohle rein, / und wenn das Loch verstopft mal ist, / dann nimmt er das am Bein.« Ihr Sänger Heiner Pudelko kann als eine der originellsten und verstörendsten Stimmen im deutschen Musikbusiness bezeichnet werden. Ganz nah am Mikrophon, plötzlich in allerhöchste Tonhöhen in seine kreischend falsettierende Kopfstimme fallend, mit extrem beweglichen Verzierungen, dann wieder flüsternd bis kaum hörbar, spuckte er manchmal den Text geradezu ins Mikrophon. Und so auch in seiner Coverversion des Tom-Waits-Melodrams, wenn er statt »Geld« singt: »Gellltttt!!!«

Tom Waits und Interzone? Eine durchaus einleuchtende Kombination, wie schon der erste Einsatz nach dem geschmackvollen Gitarrenintro zeigt: »Hey Karl, ich bin schwanger!!!« Ein Song, der im Original gesungen und mit Klaviergeklimper begleitet wurde von einem weißen Amerikaner, der vielleicht die schwärzeste Stimme aller Zeiten hat; gecovert von einer weißen R'n'B-Band zur Zeit der Deutschen Welle zu Berlin …

Traumhaft

Das Ende der Welt entstand in der Mittagspause, als die Bandkollegen von Michael Stipe essen gegangen waren: eine »gewaltige, herausgekotzte Reizüberflutung«, so der Sänger, geschrieben in Zeiten des erstarkenden Kabelfernsehens und der Homecomputer. Der R. E. M.-Song »It's the End of the World as We Know It (and I Feel Fine) « beginnt nach maschinengewehrartigen kurzen Schlägen auf der Snare-Drum mit: »That's great, it starts with an Hurricane, Birds and Snakes, an Aeroplane, Lester Bangs is not afraid«.

Moment: Hurrikan, Vögel, Schlangen, Erdbeben, ein anscheinend abstürzendes Flugzeug, schön und gut – aber was hat Musikjournalist Bangs in dem Song zu suchen (und später dann noch der Dirigent Leonard Bernstein, der Stand-up-Comedian Lenny Bruce oder der sowjetische Politiker Leonid Breschnew)? Stipe: »Ich bin mir allem sehr bewusst, was um mich herum ist, sei es, wenn ich schlafe, wach bin, träume, oder nur im alltäglichen Leben, und das endete in einem Song mit einer Masse von dem Zeug, das ich gesehen hatte, als ich durch die TV-Kanäle der jungen privaten Sender surfte. Es ist eine Sammlung von Bewusstseinsströmen.« Außerdem habe er geträumt, auf einer Party mit berühmten Leuten mit den Initialen L und B zu sein.

Mit dem absurden Kracher konnte sich Gitarrist Peter Buck erst anfreunden, nachdem die Wort-Collage auf dem *Document*-Album veröffentlicht worden war, als ein »komisches, chaotisches, politisches Ding mit vielen Gitarren«. Dabei ist der Song auch und vor allem eine Verbeugung vor dem Sprechgesang von Bob Dylans »Subterranean Homesick Blues« von 1965, mit dem D. A. Pennebaker seinen Film *Don't Look Back* eröffnete. In dem Video zu dem Song hält Dylan große Blätter mit Ausschnitten aus dem Liedtext in die Kamera – eine Collage aus Sprachfetzen im Angesicht des Vietnam-Kriegs (und damit auch vielleicht der erste Rapp). Pennebakers Filmversion von Dylans »Subterranean Homesick Blues« wird mit einigem Recht als erstes Musikvideo überhaupt bezeichnet.

»It's the End of the World« erfährt seine Wiedergeburt immer dann, wenn die Welt wieder einmal aus den Fugen gerät, sei es nach dem 11. September, vor Trumps erster Präsidentschaft, zu unabwendbar prophezeiten Weltenden (so 2011 und 2012) oder während der Covid-Pandemie. Und es wurde zum festen Rausschmeißer auf den Live-Konzerten von R. E. M. – ein flinkfüßiges, assoziationsreiches, bitteres und amüsantes Wortfetzen-Stück, das die Fans nach den Konzerten mit einem schelmisch-hochintelligenten Lachen in die bittere Realität entlässt, typisch R. E. M. eben.

Gestern war's

1986 zählte man bereits 1600 Coverversion, 2012 pries die BBC das Stück als den vierterfolgreichsten Song aller Zeiten (mit damals eingespielten 19,5 Millionen Dollar). Kurz vor seinem Tod kommentierte John Lennon: »Obwohl sich aus dem Text kein Sinn ergibt, sind es gute Zeilen. Sie funktionieren eindeutig ... doch wenn man den Song als Ganzes sieht, sagt er gar nichts.« Das sei zwar »wunderschön«, allerdings würde er sich, wäre er an der Stelle des Verantwortlichen, »wünschen, das nie geschrieben zu haben«.

Der Verantwortliche war Paul McCartney, dem die Melodie nachts im Schlaf kam, als er bei seiner Freundin Jane Asher und ihrer Familie übernachtete. Direkt nach dem Aufstehen suchte er fieberhaft nach einem Klavier, um festzuhalten, was er geträumt hatte, und er war sich lange Zeit nicht sicher, ob »Yesterday« nicht doch nur ein Plagiat eines anderen Songs aus fremder Feder war, den er zuvor irgendwo gehört und dann in seinen Träumen verarbeitet hatte.

Den dazu passenden Text zu finden, erwies sich als ungleich schwieriger: Während des Drehs zum Beatles-Film *Help* (wobei *dieser* Song eigentlich ein verzweifelter Schrei um Hilfe von Lennon war) spielte man auf der Melodie mit Rührei-Assoziationen herum: »Scrambled eggs / Oh my baby how I love your legs / Not as much as I love scrambled eggs« – ein Running Gag, bis der Song am Ende doch noch seine Fassung fand.

Glück

Wo das Licht ist

Im Englischen gibt es den wundervollen Ausdruck *supporting actor* (was sich mit »Unterstützer« übersetzen lässt) für jene Schauspielerinnen und Schauspieler, die nicht eine Hauptrolle spielen, ohne die die großen Stars aber kaum solche großen Stars sein könnten (das deutsche ›Nebendarsteller‹ ist im Gegensatz dazu eine Schande). In der Rock- und Popmusik würde ohne *supporting actors* sowieso, aber vor allem live gar nichts gehen.

Ein schönes Beispiel dafür sind John Mayer und sein Gitarrist Robbie McIntosh. Der 1977 geborene Mayer ist ein großer Sänger und Komponist, ein noch größerer Gitarrist und live zuweilen unglaublich. In seiner Band spielte 2007 auf seiner Tournee »Where the Light Is« der 1957 geborene McIntosh zweite Gitarre. In »Slow Dancing in a Burning Room« ist er es, der das Fundament legt, auf dem Mayer sich entfalten kann, indem er ein kleines Motiv einige Dutzend Male wiederholt – bis Mayer sich am Ende ihm zuwendet, auf ihn zugeht (während J. J. Thompson sich die Seele aus dem Leib trommelt), seinen Zuarbeiter anlächelt – und beide für ein paar Sekunden eins werden.

Achtsam umsorgt

Der amerikanischer Gitarrist Johnny Winter hatte es nicht leicht, schlimme Verträge, indiskutables Management sowie Drogen und Medikamentenmissbrauch, was ihn fast um seine Stimme und Spielfähigkeit gebracht hätte. Ab 2005 übernahm zu seinem Glück Paul Nelson das Management, und Winter erholte sich langsam, aber sicher. Seine wenigstens zum Teil wiedererlangte Form demonstrierte er mit einem seiner Klassiker, einer fast schon wieder gewohnt brutalen Version von Bob Dylans »Highway 61 Revisited« auf Eric Claptons Crossroads-Festival 2007, eine Benefizveranstaltung für dessen Drogenklinik.

Doch ist nicht diese Tatsache ist interessant, sondern die Band, die den wie immer skelettartig mageren Albino begleitete, nämlich die Musiker der Derek Trucks' Band. Trucks, selbst der vielleicht begnadetste Slide-Gitarrist aller Zeiten, lässt seinen Blick kaum von dem alten Winter, lächelt wie sein Bassist nahezu durchgehend, ist wie die ganze Band in diesem Moment am richtigen Platz auf dieser Welt, alle hochkonzentriert bei der Sache, nur Fundament, keine Star-Allüren – alle wollen die bestmögliche Perfomance für einen großen und sehr alten Kollegen abliefern. Es muss schön sein, am Ende so begleitet und umsorgt zu werden, so voller Hingabe und mit purer Freude bei der Sache.

Leuchtende Nacht

Ritchie Blackmore: Jeder kennt den Deep-Purple-Gitarrist, selbst wenn er ihn nicht kennt: Sein Dreikäsehoch-Riff zu »Smoke on the Water« kann man fast ohne jede Kenntnis der Gitarre spielen (oder wenigstens so, dass jeder erkennen kann, worum es eigentlich geht). »Child in Time« ist eines der schönsten Gitarrenstücke überhaupt, und Blackmores Solo in »Highway Star« wies ihn lange Zeit als unumschränkten Herrscher im Gitarren-Olymp aus. Seine

Nachfolger bei Deep Purple wurden traditionell mit »Ritchie! Ritchie!«-Rufen empfangen, und das war für die Nachfolger nicht lustig. Er selbst war ein Tyrann, oft unerträglich. Der Rock-Zirkus ging ihm gehörig auf die Nerven, er stieg bei Deep Purple aus – und fand sein wahres Glück. Bei einem Wohltätigkeitsfußballspiel hatte er 1989 die im Publikum sitzende Candice Night kennengelernt. Schnell fanden beide heraus, dass sie Renaissance-Musik lieben. Night half kurz in Blackmores Deep-Purple-Nachfolgeprojekt Rainbow als Backgroundsängerin aus. Doch 1997 war auch damit Schluss, und Night und Blackmore gründeten Blackmore's Night, eine Band, die seither mit pseudo-mittelalterlicher Musik über die entsprechenden Märkte tingelt (Blackmore spielt inzwischen neben Gitarre auch die griechische Bouzouki, Mandoline, Domra, also eine Art Laute mit vier Saiten aus der russischen Volksmusik, und Drehleier). 2008 heirateten die beiden, inzwischen haben sie zwei Kinder. Und Blackmore? Er gibt keinerlei Interviews mehr, was diese Geschichte nur noch schöner macht.

Ruhestand

In einem Interview vermerkte Herbert Grönemeyer, dass er als alter Mann in der Kurmuschel auf Helgoland auftreten und dort singen werde: »Männer sind auf dieser Welt einfach unersetzlich« (wie es in seinem Hit »Männer« heißt).

Schlagzeug und Schmerz

Es gibt viele Tiere am Schlagzeug, aber nur ein Schlagzeuger nennt sich auch wirklich ›Tier‹ – immer hochgefährlich, mit seinen offensichtlich rasiermesserscharfen Unterkieferzähnen und seinen weit aufgerissenen Augen, meist zur Vorsicht und zum Schutz der (weiblichen) Gaststars eine schwere Kette um den Hals gelegt. Gemeint ist der Schlagzeuger in Dr. Goldzahns Band in der Muppet Show, jene Puppe, die Frank Oz anfangs sogar selbst spielte und dessen Charakter er in fünf Begriffen zusammenfasste: »Sex, Schlaf, Essen, Schlagzeug und Schmerz«. Pate standen – nicht nur für das wilde Aussehen – vermutlich Keith Moon von The Who und John ›Bonzo‹ Bonham von Led Zeppelin, beide früh verstorbene, großartige Musiker (und schwierige Charaktere).

Legendär sind die Drum-Battles zwischen dem Tier und anderen Musikerinnen und Musikern, etwa Harry Belafonte an einer großen Urwaldtrommel (zum Schluss brechen beide über ihrem Instrumenten entkräftet zusammen) und Buddy Rich, dem vielleicht einflussreichsten (Jazz-)Schlagzeuger aller Zeiten (der in der Muppet Show auf dem Weg zur Bühne auf alles Mögliche mit seinen beiden Sticks eintrommelt nach dem Motto: »When I play a theatre, I play a theatre«) und der am Ende ein derartiges Feuerwerk entflammt, dass das Tier nur noch mit offenem Rachen zuschauen kann und frustriert sein Schlagzeug auseinandernimmt. Symptomatisch ist die am Tier verzweifelnde Rita Moreno, die ihr »Fever« kaum zum Vortrag bringen kann, da das Tier immer wieder den Song durch brutale Schlagzeugeinwürfe zerlegt und sich nicht von den auf Spanisch vorgetragenen Drohungen der Sängerin beeindrucken lässt – bis diese ihm zwei Orchesterbecken um die Ohren schlägt und das Tier auf dem Weg in die Ohnmacht haucht: »That's my kind of woman.«

Musik kann das reine Glück sein, vor allem, wenn man sein Instrument so beherrscht und es so zu einem passt wie das Schlagzeug zum Animal. Doch Musik ist nicht alles, wie das Tier in einem Interview zum Thema »What Makes You Truly Happy?« bekennt. Der Interviewer fragt das Tier, ob es über etwas anderes sprechen könnte. Und plötzlich wird das Tier ganz ruhig und antwortet: »Bunny Rabbit [Häschen]«. Der Interviewer ist verblüfft: Er möge Häschen? Das Tier ist sich sicher: »Like Bunny Rabbits. Like Bunny Rabbits.«. Ob er ein Häschen habe? »No, I don't have Bunny Rabbit.« Würde er gerne eines besitzen? Das Tier wiederholt: »Like Bunny Rabbit.« Vielleicht ein großes Häschen? Das Tier wehrt ab: »Small Bunny Rabbit.« Der Interviewer hakt nach: »A small Bunny Rabbit?« Und das Tier antwortet sehr still und mit gesenktem Kopf und geschlossenen Augen: »Please.«

Der Rest ist Schweigen

Die Idee von »Carpool Karaoke« ist so einfach wie genial: Ein Fahrer ruft verzweifelt Hilfe über das Telefon herbei, eine Musikgröße steigt ein – und es entspinnt sich im Verkehrschaos ein Gespräch, in dem viel geredet und gesungen wird (Gastgeber James Cordon ist immer perfekt vorbereitet und verblüfft seine Mitfahrerinnen und Mitfahrer mit seinem Gesang). Einige Spritztouren sind legendär (etwa mit Billie Eilish, die Cordon mit zu sich nach Hause nimmt, wo sie dessen Spinnenphobie bis in den Schreikrampf ausreizt, sowie die – natürlich nackten – Red Hot Chili Peppers).

Einmal half jedoch auch alle Vorbereitung nichts: Zusammen mit Paul McCartney sang er »Let It Be«, nachdem

McCartney erzählt hatte, wie ihm seine Mutter im Traum erschienen war und beruhigt habe mit den Worten »Let it be«: Alles würde gut, er würde wieder Mut fassen und weitermachen können. Beide singen das Lied, und Cordon kann die Tränen nicht mehr zurückhalten, eigentlich mit allen Wassern gewaschen und außerhalb des Autos alles andere als ein angenehmer Zeitgenosse, aber McCartney weiß: »That's the power of music. It's weird, isn't it?« (›Das ist die Kraft von Musik. Verrückt, oder?‹). Und Cordon spricht von seinem Großvater, der ihm einmal versprach, er werde gleich den besten Song hören, den er je gehört habe – und er spielte »Let It Be« ab. Cordon erzählt weiter: »If my Granddad was with me here, he get a kick out of this.« (›Wenn mein Großvater hier mit mir wäre, würde er einen Riesenspaß haben.‹) Und McCartney meint gelassen: »He is.« Beide schweigen, denn alles ist gesagt (und wie gut, dass nur bei einem Bruchteil der Strecken Cordon selbst das Gefährt lenkte, sondern dass das Auto aus Sicherheitsgründen fest an eine Zugmaschine angedockt war).

Schwanengesang

Frank Zappa kennen viele wegen seines »Bobby Brown«, ein Song wie ein wuchtiger Tritt in die Weichteile des amerikanischen Traums, erzählt aus der Ich-Perspektive eines College-Typen, der alle Cheerleader kriegt und sich für den Größten hält. Unvergessen ist aber auch die Rockband Mothers of Invention, die Zappa als gnadenloser Chef mit seinen Kompositionen leitete, aber auch mit seinem Gitarrenspiel maßgeblich prägte.

Wirklich glücklich war er aber allem Anschein nach an

anderer Stelle: 1992 steht er deutlich vom Tod gezeichnet vor dem Ensemble Modern, der feinsten Adresse für zeitgenössische klassische Musik, und dirigiert hochkonzentriert ein neues Stück von ihm. Bei jedem Einsatz, den er den Musikerinnen und Musikern gibt, ist ihm seine große Freude und Begeisterung anzusehen. Nachdem er mit energischer Geste das Stück abgewunken hat, leuchten seine Augen auf und er lacht still in sich hinein. Das Ensemble Modern sollte seine letzte Band sein. Er stirbt wenige Monate später im Kreise seiner Familie.

Geben ist seliger denn nehmen

Anthony Kiedis von den Red Hot Chili Peppers hat so manchen Welthit mit seiner Band gelandet – doch für »Give It Away« (wozu ihn seine zeitweilige Affäre Nina Hagen inspiriert hatte, als sie sagte, dass es immer besser sei, etwas wegzugeben, als etwas anzunehmen, da man so glücklicher werde) mit dem zungenverknotenden Refrain »Giveitawaygiveitawaygiveitawaygiveitawaynow« bekam er nach eigener Aussage das schönste Kompliment seiner Karriere: In New York zeigte auf offener Straße ein kleines Mädchen auf ihn und rief: »›Das ist er, das ist er!‹ Die Mutter kam zu mir herübergelaufen und bedankte sich überschwänglich. Sie sagte, es wäre die einzige Möglichkeit gewesen, ihr kleines Mädchen morgens angezogen zu bekommen, indem sie die Platte abspielte und dazu sang: ›Gimme your leg, gimme your leg, gimme your leg, gimme your leg, now!‹«

Was ist überhaupt eine Anekdote?

Der Begriff Anekdote bedeutet wörtlich »das, was nicht herausgegeben wurde«. Die Geschichte der kleinen Form ist verschlungen: Im 17. Jahrhundert bezeichnete sie eine unterdrückte Gegenerzählung, um Machenschaften der Mächtigen aufzudecken. Anekdoten standen dabei zwischen mündlicher und schriftlicher Überlieferung. Die Zielgruppe waren meist selbst Mächtige, und das bedeutete damals: Adelige, die bereits durchaus Bescheid wussten.

Als das Bürgertum erstarkte (und damit als zahlendes Publikum interessant wurde), eroberten Geschichtenerzählungen über große Persönlichkeiten den Markt, in Deutschland vor allem als Sammlungen von Aussprüchen und Taten, um diese (angeblich) Großen zu verherrlichen. Diese Sammlungen sollten wie aus Mosaiksteinchen zusammengesetzt zeigen, wie eine berühmte Persönlichkeit eigentlich gestrickt ist. Beispielgebend ist die Sammlung von Friedrich Nicolai (1733–1811) über Friedrich II. von Preußen (1712–1786) im Sinne von »So war er, der alte Fritz!« Kurz: Die Anekdotensammlungen sollten unterhalten, aber auch tiefe, unerwartete Einblicke liefern (und sind damit von kürzeren, pointierten Geschichten kaum zu unterscheiden).

Was hat das alles mit Rock und Pop zu tun? Sehr viel. Denn Anekdoten werden erzählt, weil sie pointiert eine Person oder ein Geschehen charakterisieren, und zwar so, als würde die Anekdote die Sachlage besser kennen (also auch hier eine kleine Form der Gegenerzählung, auch gegen offizielle Stilisierungen der Marktstrategen und Manager): »So ist die/der wirklich!« – oder: »So ist das damals wirklich passiert!«

Das ist natürlich gefährlich: Ein komplexer Charakter oder ein unübersichtliches Geschehen wird auf einen Handlungsstrang oder einen Charakterzug reduziert und festgelegt. Vereinfachung ist unausweichlich (dabei war der ›alte Fritz‹ bestimmt doch auch irgendwann einmal jung). Und genau aus diesem Grunde können Anekdoten derart überzeugend sein, dass man sie kaum noch loswird, sie manchmal gar nicht mehr loswerden kann – wie einen Ohrwurm. Sie werden sozusagen wirklicher als die Wirklichkeit (»Ist das nicht der, der …?«).

Die Vereinfachung hat jedoch auch ihre schönen Seiten: Das Einfachgestrickte und Abgeschliffene findet leichter den Weg in die Köpfe und Herzen. Und es ist für die Erzählerin oder den Erzähler wunderbar, das Publikum zum Lächeln oder Schmunzeln zu bringen. Denn: Wir leben (auch) davon, dass wir (unsere) Geschichten erzählen. Wir wollen gehört und wahrgenommen werden. Deswegen macht es trotz aller Gefahr von Vereinfachung und Unwahrheit einfach Spaß, Anekdoten zu erzählen – und vielleicht auch, sie erzählt zu bekommen, um sie anschließend weiterzuerzählen.

Umgekehrt sind Anekdoten aber auch vielschichtig, lassen sich unterschiedlichen Themenbereichen zuordnen (die Einordnung der Anekdoten und Geschichten in diesem Band in eine bestimmtes Kapitel kann aus diesem Grunde manchmal etwas willkürlich wirken).

Wie kann man aber verantwortungsvoll Anekdoten erzählen, wenn man Details aus dem Leben von Menschen aufgreift? Natürlich ist Faktentreue wichtig. Und es ist weniger gefährlich, eine Anekdote zum Besten zu geben, nachdem ein wenig Zeit vergangen ist, sich das Ganze also schon etwas setzen und sich ein bestimmtes Bild von der Sache zeigen konnte. Aus diesem Grund steht zu befürchten, dass in extrem schnelllebigen Zeiten kaum noch Anekdoten erzählt werden *können*: Stars treten so schnell auf und ab, dass sich kaum noch etwas Erzählenswertes entwickeln kann – von einer Gegenerzählung ganz zu schweigen.

Vielleicht wäre es deshalb keine schlechte Idee, eher freundliche Geschichten zu verbreiten, im Sinne einer mutmachenden, schönen Gegenerzählung – oder aber als mächtige Augenöffner, dabei aber immer im Bewusstsein der Gefahr, sträflich zu vereinfachen oder einem Gerücht aufzusitzen.

Manchmal kann es aber wichtig sein, weiter auszuholen, um diesen Gefahren zu entgehen (einzeilige Anekdoten sind besonders gefährlich).

Doch über eines sollten wir uns keine Illusionen machen: Nicht nur Schnelllebigkeit verhindert, dass sich Anekdoten entwickeln können, sondern auch KI-generierte Musik – denn worüber sollte man berichten bei einer Musik, die Algorithmen als kleinsten gemeinsamen Nenner in einem toten Hallraum aus alten, geplünderten Songs zusammengeschustert haben?

Am Ende sei an die drei Motti erinnert, die am Anfang dieses kleinen Buches stehen: Erzählungen und Anekdoten sind lebendig, lassen etwas zu einer Geschichte gerinnen, sind ein Akt des Überlebens als Antwort auf die Welt, die auf uns eindringt (wie sich Peter von Matt sicher ist), selbst wenn wir nicht immer alles verstehen, geschweige denn uns angemessen erinnern (wie Stanisław Lem zurecht befürchtet), und Musik übt eine sehr eigene Macht aus, ist etwas Großartiges – ist (vielleicht) das Beste (wie Frank Zappa weiß). Und wie gesagt: Letztlich leben wir von Erzählungen.

Dank

Einen besonderen Dank schuldet dieses Buch verlässlichen Quellen wie den Veröffentlichungen von Peter Kemper oder Ernst Hofacker, direkten Informationen (von Johannes Eyber und Frank E. Schäfer), interessanten, aber naturgemäß nicht immer ganz so verlässlichen Quellen (Autobiographien, Websites, YouTube-Videos), Erwin Meier und Michael Schäfer, die mich für die kleinen Formen und Präzision auch zwangsweise begeisterten, vor allem aber der Ermutigung, dass es oft amüsierte (und geduldige) Zuhörerinnen und Zuhörer für meine Geschichten gab und gibt (zum Beispiel die Gespräche am späten Freitagabend, am Ende einer Woche voller Hochs und Tiefs, als Letzte im ansonsten stockdunklen Verlag, etwa mit Philipp Werner oder Nils Ebert).

Songtitel

Personen und Bands